DIM CHWARAE

Mae Tom Palmer yn ffan pêl-droed ac yn awdur. Doedd e ddim yn rhy hoff o fynd i'r ysgol. Ond unwaith iddo ddechrau darllen am bêl-droed – mewn papurau newydd, cylchgronau a llyfrau – fe benderfynodd mai awdur pêl-droed oedd e am fod yn fwy na dim yn y byd.

Mae Tom yn byw mewn tref yn Swydd Efrog o'r enw Todmorden gyda'i wraig a'i ferch. Y stadiwm gorau iddo ymweld ag e erioed yw Santiago Bernabéu lle mae Real Madrid a Gareth Bale yn chwarae.

Cewch ragor o wybodaeth am Tom ar ei wefan tompalmer.co.uk

TOM **PALMER**

DIM CHWARAE

Lluniau
Brian Williamson

Addasiad
Mari George

I David Luxton, asiant llenyddol athrylithgar a ffan o Leeds

Cyhoeddwyd gyntaf yn 2009 gan Puffin Books, Penguin Random House,
1 Embassy Gardens, Llundain SW11 7BW dan y teitl *Football Academy: The Real Thing*
© testun: Tom Palmer 2009
© arlunwaith: Brian Williamson 2009
Cedwir pob hawl

Y fersiwn Cymraeg
Addaswyd gan Mari George
Dyluniwyd gan Owain Hammonds

ISBN: 978-1-80106-115-5

Cyhoeddwyd yn y Gymraeg yn 2021 gan Atebol Cyfyngedig,
Adeiladau'r Fagwyr, Llanfihangel Genau'r Glyn, Aberystwyth,
Ceredigion SY24 5AQ

Hawlfraint y cyhoeddiad Cymraeg ©Atebol Cyfyngedig 2021

Mae cofnod catalog ar gyfer y cyhoeddiad hwn ar gael yn Llyfrgell Genedlaethol
Cymru a'r Llyfrgell Brydeinig.

atebol.com

Cynnwys

Dim Chwarae

'Beth yw hwnna?'

Roedd Ryan yn sefyll yn nrws ei ystafell newid gyda'i fag dros ei ysgwydd. Roedd ei ffrind Ben yn sefyll nesa ato. Er bod Ryan yn siarad â Tomas, gôl-geidwad Caerdydd, roedd e'n amlwg eisiau i'r holl ystafell glywed.

'Crys pêl-droed,' meddai Tomas mewn llais tawel ond hyderus.

Roedd wyth bachgen arall yn eistedd ar y meinciau wrth ochr yr ystafelloedd newid yn gwylio ac yn gwrando. Roedd y rhan fwyaf ohonyn nhw'n dal i wisgo eu dillad bob dydd.

'Na, *dyma* beth yw crys pêl-droed,' meddai Ryan, gan dynnu ei siwmper a dangos crys diweddaraf Real Madrid. Roedd yn wyn ac addurn porffor arno.

Roedd crys Tomas yn wyn ac addurn du arno. Roedd y bathodyn yn dweud 'Legia Warsaw'. Hwn oedd y tîm roedd wedi ei gefnogi erioed. A hwn oedd y tîm roedd wedi gweld ei eisiau ers iddo symud i Gymru gyda'i rieni dros flwyddyn yn ôl.

'Crys neis,' meddai Ben, gan syllu ar Ryan.

'A phwy yw Legia Warsaw?' meddai Ryan, gan anwybyddu ei ffrind.

'Fy nhîm i,' atebodd Tomas yn dawel.

'Erioed wedi clywed amdanyn nhw,' meddai Ryan. 'Maen nhw o Wlad Pwyl, fentra i.'

Chwarddodd rhai o'r bechgyn oedd yn eistedd wrth eu hymyl.

Roedd James – un o amddiffynwyr y tîm – wedi bod yn gwrando ar y sgwrs o gornel yr ystafell newid. Cododd a cherdded at Ryan a Ben. Roedd yn ddylanwad da ar y tîm. Roedd e hefyd yn fab i gyn-chwaraewr rhyngwladol Cymru.

'Rhowch y gore iddi,' meddai James.

Camodd Ben 'nôl. Roedd bob amser yn

gwrando ar James, hyd yn oed yn fwy nag ar Ryan.

Roedd Ryan ar fin dweud rhywbeth wrth James ond daeth Phil, rheolwr y tîm, i mewn. Byddai'n rhaid iddo aros.

'Reit 'te, bois,' meddai Phil.

Roedd Phil wedi bod yn rheolwr ar dîm dan ddeuddeg Caerdydd ers tair blynedd. Roedd y tîm roedd yn eu hyfforddi i gyd ar gytundebau bechgyn ysgol yn academi enwog Caerdydd, lleoliad mawr llawn adeiladau a chaeau pêl-droed ar gyrion y ddinas. Roedd y tîm yn cynnwys rhai o chwaraewyr ifanc gorau eu hoed nhw. Roedd rhai o Gaerdydd a rhai eraill o ardaloedd pell i ffwrdd. Byddai'r goreuon – y rhai fyddai'n gweithio'n galed – yn troi'n chwaraewyr pêl-droed proffesiynol rhyw ddydd.

Rhoddodd Tomas ochenaid o ryddhad. Roedd wedi cael ei achub rhag llawer o drafferth gan Ryan: capten y tîm. Ryan: bwli'r tîm. Gallai Tomas droi ei feddwl at y gêm nawr.

Heddiw roedd y tîm yn chwarae Newcastle gartref – gêm gyfeillgar yn erbyn tîm arall dan ddeuddeg o'r uwchgynghrair.

Meddai Phil: 'Mae'r criw yma yn dîm da. Maen nhw wedi ennill pob gêm y tymor hwn. Maen nhw'n pasio'r bêl yn dda.' Edrychodd Phil ar Ryan. 'Tebyg i dy dîm di – Real Madrid.'

Gwenodd Ryan.

Roedd Phil yn enwog am ei lais dwfn. Pe byddech yn ei glywed yn dod ar draws y cae byddech yn gwrando arno. A phan fyddai'n rhoi pregeth i'r tîm roeddech yn gweithredu ar bob gair.

'Felly, yr hyn sydd ei angen arnon ni heddiw yw gwaith tîm,' meddai Phil. 'Os oes unrhyw un yn rhoi hanner cant y cant o

ymdrech heddiw fyddwn ni mewn trwbwl.
Ond os chwaraewn ni gyda'n gilydd fel tîm
ac edrych ar ôl ein gilydd byddwn ni'n iawn.'

Amneidiodd y bechgyn a dechrau newid.

Y tymor hwn roedden nhw wedi chwarae
saith gêm, wedi ennill pedair, wedi cael un
gêm gyfartal ac wedi colli dwy. Dechrau da.

Ond chwarae Newcastle gartref fyddai'r
gêm anoddaf eto.

Anodd

Deng munud i mewn i'r gêm roedd hi'n dal yn ddi-sgôr. Roedd Caerdydd wedi chwarae'n dda. Roedd Newcastle yn gallu pasio'r bêl ond doedden nhw ddim wedi llwyddo i fynd heibio Ryan a'r amddiffynwyr.

'Dy'n nhw ddim mor dda â hynny,' meddai Ryan wrth Ben wedi i'r bêl gael ei chicio allan.

'Chwarddodd Ben. 'Hawdd,' meddai.

Aeth James ati i daflu'r bêl, gan sefyll yn agos at linell ganol y cae.

Rhedodd Ryan yn hamddenol i geisio cipio'r bêl ond daeth chwaraewr o Newcastle o unlle a'i guro. Ceisiodd Ryan redeg yn gyflymach ond roedd y llall yn rhy gyflym iddo.

Pan gafodd afael yn y bêl, cymerodd y chwaraewr o Newcastle – bachgen mawr penfelen – ddau gam a phasio'r bêl i'w gyd-chwaraewr. Tra ei fod yn rhedeg, edrychodd ei gyd-chwaraewr i fyny, dilyn ei rediad a phasio'r bêl 'nôl ato. Yn sydyn roedd y chwaraewr penfelyn yn y cwrt cosbi ac aeth heibio dau o ganolwyr Caerdydd, Ryan a James.

Doedd gan Tomas ddim gobaith.

Ciciodd y chwaraewr y bêl drosto wrth iddo redeg allan i gau'r corneli.

Wrth i chwaraewyr Newcastle ddathlu, gallai Ryan glywed Phil yn galw ei enw. Ceisiodd beidio â gwrando, ond doedd dim modd osgoi ei lais dwfn.

'Ryan … canolbwyntia … gwaith tîm.'

Gallai hefyd glywed ei fam yn gweiddi. Eto.

Roedd mam Ryan yn anodd – *wastad* yn gweiddi arno fe, y dyfarnwr ac ar y chwaraewyr eraill, gan fynnu dweud wrthyn nhw beth i'w wneud. Roedd yn gallu dychmygu beth roedd hi'n ei ddweud nawr. Anwybyddodd y lleisiau a rhedodd at Tomas.

'Dwyt ti ddim yn chwarae i Legia-be-ti'n-galw nhw nawr, Tomas,' meddai Ryan. 'Dylet ti fod wedi atal y chwaraewr yna. Roedd gen ti amser.' Roedd e'n grac ac yn mynnu siarad yn blwmp ac yn blaen.

Ddywedodd Tomas yr un gair. Roedd e'n gwybod bod bai ar Ryan am y gôl. Dylai fod wedi bod yn marcio'r chwaraewr penfelyn yn fwy agos.

Y tro nesaf i Newcastle ymosod, teimlodd Tomas ei hyder yn lleihau. Roedd eu

gwrthwynebwyr yn pasio'r bêl mor gyflym.
Ac roedden nhw i gyd mor fawr a chryf.
Doedd gan Gaerdydd ddim gobaith. Doedd
ganddo *fe* ddim gobaith.

Holltwyd amddiffyn Caerdydd eto, ac
unwaith eto gadawyd i Tomas wynebu'r
chwaraewr penfelyn. Ac unwaith eto,
eiliadau yn ddiweddarach, roedd yn codi'r
bêl o gefn y rhwyd.

Erbyn hanner amser, tair gôl i un i Newcastle oedd y sgôr.

Doedd Phil ddim yn hapus iawn. 'Mae rhywbeth yn bod,' meddai. 'Mae Newcastle yn dda, ond ddim gymaint â *hynny*'n well na ni. Mae angen i ni weithio'n well fel tîm.' Ochneidiodd. 'Edrychwch ar sut maen nhw'n pasio a symud. Yn rhagweld gwagle a rhediadau ei gilydd. Allwn *ni* fod fel yna. Ry'n ni wedi bod yn ei wneud e drwy'r tymor.'

Edrychodd Phil ar y bois yn eistedd mewn cylch o'i gwmpas. Doedd e ddim wedi eu gweld yn edrych fel hyn o'r blaen. Wedi *drysu* oedd y gair cyntaf ddaeth i'w feddwl.

'Perchnogaeth yw'r peth cyntaf,' meddai. 'Y mwya gawn ni afael ar y bêl, y lleia o amser fydd hi gyda nhw. Amddiffynwyr? Pasiwch hi allan.'

Edrychodd Phil ar Tomas.

Roedd ofn ar y gôl-geidwad. Doedd e ddim wedi ildio tair gôl mewn un hanner erioed o'r blaen, ddim yng Ngwlad Pwyl *nac* yn Lloegr. Teimlai nad oedd ganddo unrhyw hyder, a bod bob ymosodiad yn mynd i'w drechu.

'Mae eisiau *gwarchod* Tomas,' meddai Phil. 'Y tair gôl yna … doedd dim gobaith ganddo. Doedd neb yno.' Oedodd Phil, yna aeth ymlaen. 'Dwi angen i amddiffynwyr amddiffyn – yn ddwfn os oes angen. Mae angen i'r chwaraewyr canol cae helpu os yw'r amddiffynwyr yng nghanol ymosod. Cytuno?'

Amneidiodd llawer o'r chwaraewyr. Dywedodd rhai o'r bechgyn, 'Iawn, Phil.'

Eisteddai Ryan yn gwrando. Doedd e ddim wedi mentro edrych ar ei fam ers i'r ail gôl fynd i mewn. Roedd hi'n sefyll hanner can metr oddi wrtho ond wedi ei rhybuddio gan Phil i beidio â dod yn agosach yn ystod y gêm nac yn ystod y sgwrs hanner amser.

Roedd e'n poeni beth fyddai hi'n ei ddweud wrtho ar y ffordd adref yn y car.

'Nawr 'te,' meddai Phil, gan ddal sylw Ryan. 'Mas â ni. Allwn ni ennill yr ail hanner. Amdani!'

Wrth i weddill y tîm redeg 'nôl ar y cae, galwodd Phil Ryan draw. 'Dwi angen i ti ddangos esiampl, Ryan,' meddai. 'Canolbwyntia. A gwaith tîm, iawn?'

Amneidiodd Ryan. Wrth redeg ar y cae, doedd Ryan ddim yn siŵr os taw ei feirniadu oedd Phil – neu ei annog i fod yn well capten.

Barod i Fynd

'Oes gan unrhyw un unrhyw beth arall i'w ddweud?' meddai Phil ar ôl trafod y gêm yn erbyn Newcastle gyda'r chwaraewyr.

Doedd hyn ddim yn hawdd i unrhyw un. Dyma'r sgwrs waetha iddyn nhw ei chael erioed.

Ac roedd hynny oherwydd eu bod wedi colli o bum gôl i un.

Roedd Tomas wedi cadw'n dawel drwy gydol y sgwrs. Roedd yn teimlo ychydig o gywilydd ond ychydig o ddicter hefyd. Sut

fath o gôl-geidwad oedd yn ildio pum gôl?

Ond yr hyn oedd yn ei frifo fwyaf oedd y ffordd roedd Ryan wedi gwneud iddo deimlo, yn enwedig gan ei fod fel tôn gron am yr holl beth.

'Ddywedwn ni ddim rhagor am y gêm,' meddai Phil. 'Ar y cyfan roedd yr ail hanner yn llawer gwell ac yn dynnach. Roedden ni bron cystal â nhw. Ac a bod yn deg maen nhw wedi curo'r rhan fwyaf o'r tîmau maen nhw wedi chwarae yn eu herbyn eleni.'

Edrychodd Tomas o gwmpas yr ystafell. Roedd y rhan fwyaf o'i gyd-chwaraewyr wedi plygu eu pennau. Hwn oedd canlyniad gwaetha'r tymor, tymor oedd i fod yn gwella, meddyliodd Tomas.

'Dewch nawr, bois,' meddai Phil yn ysgafn. 'Ry'n ni wedi trafod hyn ac wedi trafod beth allwn ni ddysgu o gêm heddiw. Ac mae twrnament Ewrop gyda ni i boeni amdano nawr.'

Edrychodd y chwaraewyr i fyny'n sydyn a dechrau gwenu ar ei gilydd. Roedd hi'n teimlo fel pe bai Phil wedi dod â goleuni i'r ystafell.

'Dyna welliant,' meddai Phil. 'A dwi'n falch o ddweud bod yr holl dîm yn dod. Pob un ohonoch chi.'

Edrychodd Phil ar Yunis a gwenu.

Gwenodd Yunis, prif sgoriwr y tîm 'nôl arno. Roedd e'n credu nad oedd yn mynd i allu ei gwneud hi tan y funud olaf, ond roedd ei dad wedi cytuno iddo fynd wedi'r cwbl.

'Nawr,' meddai Phil, 'pwy sydd wedi bod i Wlad Pwyl o'r blaen?'

Saethodd llaw Tomas i fyny.

'Dwed rhywbeth wrthon ni amdani, Tomas. Pryd nest di adael Gwlad Pwyl i ddod yma?'

'Flwyddyn yn ôl.'

'A nest di chwarae i Legia Warsaw?'

'Na, wnes i chwarae i Lodz. Ond dwi'n cefnogi Legia.'

'Dwi'n gweld,' meddai Phil. 'A sut le yw Gwlad Pwyl?'

'Mae'n dda. Mae'r bobl yn gyfeillgar iawn.'

'Mae hynny'n bwysig, Tomas. Mae'n fy arwain i at yr hyn dwi eisiau ei ddweud, sef diolch.' Edrychodd Phil yn ddifrifol iawn am funud, yna aeth yn ei flaen. 'Dwi eisiau i'r twrnament hwn fod yn un da ar ddwy lefel.

Mae'r pêl-droed yn bwysig wrth gwrs. Ry'n ni'n chwarae tîmau mawr – AC Milan dan ddeuddeg, Real Madrid dan ddeuddeg, a Legia Warsaw.'

Chwarddodd Ryan yn dawel.

Edrychodd Tomas arno mewn syndod. Pam oedd e'n chwerthin nawr?

Edrychodd Phil ar Ryan. 'Oes rhywbeth gen ti i'w ddweud, Ryan?'

Crechwenodd Ryan. 'Na. Dim byd.'

'Da iawn. Achos yr ail beth pwysig dwi eisiau ei ddweud yw'r hyn wnaeth Tomas dynnu sylw ato. *Cyfeillgarwch*.' Symudodd Phil ei draed a phlethu ei freichiau. 'Mae pob un ohonoch chi – ac mae hynny'n cynnwys fi a'r oedolion eraill sy'n dod – yn mynd yno i gael hwyl a chwarae pêl-droed. Ond yn bwysiach na hynny, dwi am i chi gofio ein bod ni'n cynrychioli Academi Caerdydd. Mae popeth ry'n ni'n ei ddweud a'i wneud

yn adlewyrchu ar enw da'r clwb. Ry'n ni'n
enw eitha mawr yn Ewrop, enw sy'n cael ei
barchu. A dwi eisiau i bethau aros fel yna.
Unrhyw drwbwl ac fe fydda i'n cosbi.'

Edrychodd y chwaraewyr i gyd ar Phil
ond ddwedodd neb yr un gair.

Gwenodd Phil. 'Ry'ch chi'n griw da. Dwi
ddim yn disgwyl trwbwl. A'r peth olaf dwi
eisiau ei wneud yw eich rhwystro rhag cael
hwyl. Dwi'n gwybod eich bod i gyd yn llawn
cyffro ond dwi'n gorfod dweud y pethau hyn.'

Rhoddodd Connor, un o'r amddiffynwyr a arwyddwyd o dîm cynghrair yn Iwerddon flwyddyn yn gynharach, ei law i fyny.

'Ie, Connor?'

'Faint o'r gloch ydyn ni'n cwrdd? Ac ai yn fan hyn ry'n ni'n cwrdd?'

'Ie, fan hyn,' meddai Phil. 'A dewch erbyn hanner awr wedi deg y diwrnod ar ôl fory, plis. Mae'r bws yn gadael am un ar ddeg yn brydlon. Os collwch chi'r bws fe gollwch chi'r twrnament.'

Gallai Tomas deimlo ei freichiau'n tynhau gyda chyffro. Hwn fyddai ei daith gyntaf 'nôl i Wlad Pwyl ers iddo ef a'i deulu adael. Dau ddiwrnod i fynd – dyna'r cwbl.

Pedwar deg pump awr a chwarter, i fod yn fanwl gywir.

Byddai Tomas yn gwneud yn siŵr y byddai ar y bws erbyn 10, neu'n gynt na hynny, hyd yn oed.

Dydd Sul 13 Tachwedd
Newcastle 5 Caerdydd 1
Goliau: Yunis
Cardiau melyn: Craig, Conor, James

Marciau allan o ddeg i bob chwaraewr gan reolwr y tîm dan ddeuddeg:

Tomas	5
Connor	5
James	6
Ryan	4
Craig	4
Chi	7
Sam	6
Wil	5
Gwilym	5
Yunis	6
Ben	5

Ffonio Adref

Eisteddai Tomas gan edrych yn syth o'i flaen wrth i'w dad ei yrru adref o'r academi pêl-droed. Roedd yr adeiladau hyfforddi mewn cae ar gyrion Caerdydd – lle cyffrous iawn.

'Ti'n dawel,' meddai ei dad.

'Ydw i?' meddai Tomas, yn hapus fod ei dad yn dal i siarad Pwyleg gydag e am unwaith. Fel arfer roedd yn mynnu eu bod yn siarad Cymraeg. Pam y newid, tybed?

'Ydy popeth yn iawn?' mynnodd ei dad.

'Dad, gollon ni o bum gôl i un.'

'Wn i,' meddai, 'ond rhaid i ti beidio â beio dy hunan. Roedd yr amddiffynwyr dros y lle i gyd.'

Gwenodd Tomas. Nid yn unig roedd ei dad yn gwybod beth i'w ddweud ond roedd e'n deall pêl-droed hefyd. Roedd e wastad wedi cymryd diddordeb ym mhêl-droed Tomas ac yn dod i wylio'r rhan fwyaf o'r gemau – er ei fod yn feddyg prysur yn yr ysbyty lleol.

'Ydy'r bechgyn eraill yn dal i dynnu dy goes di?' gofynnodd ei dad ar ôl ychydig.

Rhoddodd Tomas y gorau i wenu. Roedd ei dad wedi taro'r hoelen ar ei phen yn syth. Roedd yn dda am wneud hynny hefyd.

'Tamed bach,' meddai Tomas, yn trio swnio fel pe na bai ots ganddo. Ond mewn gwirionedd roedd e'n ofidus iawn, ac am Ryan yn benodol. Roedd Ryan yn pigo arno o hyd ac o hyd, yn gwneud iddo deimlo ei fod yn dwp am nad oedd ei Saesneg na'i Gymraeg yn berffaith. Doedd Tomas *ddim* yn dwp. Roedd e'n ceisio dysgu'r ieithoedd yn iawn. Hoffai weld Ryan yn ceisio siarad Pwyleg.

'Tamed bach?' meddai ei dad. 'Mae'n fwy na thamed bach. Alla i ddweud wrth dy lais di.'

'Dwi'n iawn, Dad, a dwi'n edrych 'mlaen at y trip. Alla i ddim aros i fynd adre.'

'Cymru yw dy gartre di nawr,' meddai ei dad yn dawel.

'Dwi'n gwybod,' atebodd Tomas. 'Dwi wrth fy modd yma, ond Gwlad Pwyl fydd fy nghartre i am byth.'

Ddywedodd ei dad ddim byd. Roedd Tomas yn gwybod ei fod yn teimlo'r un fath.

Ar ôl te canodd y ffôn ac aeth Tomas i'w ateb.

'Helô?' meddai Tomas.

'Tomas. Leszek sy ma. Wyt ti'n dal yn dod draw yr wythnos hon?'

Llais Pwylaidd arall. Gwenodd Tomas. Ei gefnder o Lodz oedd yno.

'Ydw,' meddai. 'Ydw. Alla i ddim aros. Bydd hi'n grêt dy weld di. Fyddi di gartre?'

'Wrth gwrs!' chwarddodd Leszek.

Meddyliodd Tomas am y cartref roedd Leszek yn byw ynddo gyda'i fam a'i dad, sef wncwl ac anti Tomas. Roedd yn rhywle roedd yn ei adnabod yn dda. Roedd yn fawr gyda phwll nofio a gardd gefn braf gyda gôl a rhwyd. Roedd e a Leszek wedi eu magu gyda'i gilydd, gan dreulio'r rhan fwyaf o'u hamser yn yr ardd yn chwarae gyda brawd hŷn Leszek, Bogdan.

'Felly pryd wyt ti'n cyrraedd fan hyn?' gofynnodd ei gefnder.

'Pnawn ddydd Mawrth. Ydy hi'n dal yn iawn os gwnawn ni aros gyda chi?'

'Wrth gwrs, twpsyn.'

Gwenodd Tomas. Roedd e'n casáu cael ei alw'n dwp gan Ryan ond gallai Leszek ei alw'n dwp drwy'r dydd, bob dydd, a fyddai ddim ots ganddo.

'Ac wyt ti a Bogdan yn dod i'r holl gemau, fel ddywedon ni?'

'Ydyn. Pob un ohonyn nhw. Ac os oes angen chwaraewr ychwanegol arnoch chi …'

Gwenodd Tomas. Fyddai dim byd yn well ganddo na chael ei gefnder yn nhîm Caerdydd.

Ar ôl iddo ddiffodd y ffôn, gwenodd Tomas. Dau ddiwrnod. Dim ond am ddeuddydd arall roedd rhaid iddo aros. Dau ddiwrnod a byddai 'nôl yng Ngwlad Pwyl, ond y tro hwn byddai yno fel chwaraewr i Gaerdydd.

Yn y Maes Awyr

Aeth y rhan fwyaf o'r tîm i'r arcêd gemau ar ôl cyrraedd y maes awyr. Roedd eraill yn y siop nwyddau trydan yn edrych ar gemau a theclynnau tebyg. Roedd gan y bechgyn awr tan iddyn nhw hedfan – ac roedden nhw eisiau gwneud y gorau o'r amser.

Roedd pawb yn llawn cyffro, hyd yn oed Phil a hyfforddwr arall Caerdydd. Roedd dau riant gyda nhw hefyd: mam James a thad Tomas. Roedden nhw wedi dod i helpu.

Roedd y rhan fwyaf o'r bechgyn yn ceisio dianc rhag mam James, oedd yn gofyn iddyn nhw o hyd os oedden nhw'n iawn, gan awgrymu na ddylen nhw fod yn yfed gymaint o bop a dweud wrthyn nhw i wneud yn siŵr eu bod yn gofalu am eu bagiau. Roedd y cwbl yn mynd ar eu nerfau. Rhan o gyffro taith oedd bod i *ffwrdd* oddi wrth rieni oedd yn creu ffwdan.

Fodd bynnag, roedd geiriau Phil ar ôl gêm Newcastle yn dal i seinio yn eu clustiau. *Ry'n ni'n cynrychioli Caerdydd*. Roedd pawb yn gwybod bod rhaid iddyn nhw ymddwyn yn dda neu bydden nhw'n cael eu hanfon adref.

Roedd Ryan yn un o'r bechgyn yn yr arcêd gemau gyda Ben a Connor.

Teimlai Ryan ychydig o embaras ei fod e a gweddill y chwaraewyr yn gwisgo crysau, trowsusau smart a siacedi a sgidiau go iawn. Edrychodd ar y bechgyn eraill oedd yr un oed â nhw ac yn mynd ar eu gwyliau. Roedd y rhan fwyaf ohonyn nhw'n gwisgo jîns, crysau-T a sgidiau hyfforddi. Hoffai pe bydden nhw wedi cael gwisgo tracwisgoedd y clwb; yna byddai pawb yn edrych arnyn nhw.

Dyna beth roedd Ryan yn ei hoffi.

Ond nid dyna beth oedd yn mynd i ddigwydd heddiw.

Edrychodd tuag at y siop nwyddau trydan a gweld Tomas a James yn dod allan ac yn mynd draw at y seddau. *Pam fod*

James yn gwastraffu ei amser gyda Tomas?
meddyliodd.

Doedd e ddim wir yn deall James. Roedd
yn ffrind i Ben ond yn hollol wahanol iddo.
Byddai Ben yn cael hwyl yn chwerthin
am ben Tomas, ond fyddai James byth yn
gwneud hyn.

Roedd Ryan yn meddwl bod James yn
siŵr o fod ychydig yn snobyddlyd am fod ei
dad yn chwaraewr rhyngwladol.

'Pryd mae ein hawyren ni'n gadael?'
meddai Ben wrth Connor, gan chwalu
meddyliau Ryan.

'Mae e ar y sgrin,' meddai Connor. 'Alli di
ddim darllen?'

'Pedwar deg munud,' meddai Ryan, cyn i
unrhyw un ohonyn nhw ddweud gair.

'O'n i'n gwbod hynny,' meddai Ben, gan
wgu ar Connor.

* * *

Ar ochr arall lolfa'r maes awyr roedd James yn gofyn cwestiynau i Tomas.

'Sut le yw Gwlad Pwyl?'

'Mawr, gwahanol. Mae'r dinasoedd fel y rhai fan hyn, a chefn gwlad hefyd. Ac mae'n oer yn y gaeaf. Llawer oerach na Chymru.'

Roedd Tomas yn gwylio Ryan – gyda Ben a Connor – wrth iddyn nhw siarad. Roedd hi'n edrych fel pe bai nhw'n dadlau. Roedd Tomas yn falch nad oedd yn eu cwmni.

'A beth am y bobl?'

Gwenodd Tomas. Yr un hen gwestiwn. Roedd eisiau dweud bod gan bawb fys ychwanegol ar bob llaw a chlustiau anferth. Ond roedd e'n gwybod bod gan James ddiddordeb go iawn yng Ngwlad Pwyl. Roedd yn gofyn y cwestiynau fel pe bai wir eisiau clywed yr atebion ac nid yn ceisio chwerthin am ei ben.

'Hyfryd,' meddai Tomas. 'Cyfeillgar iawn, ond mae rhai pobl sydd ddim mor gyfeillgar, fel yn unrhyw le arall.'

'Ac ydyn nhw'n dilyn pêl-droed?'

'Ydyn. Mae diddordeb mawr gyda nhw mewn pêl-droed, ac nid mewn timau Pwylaidd yn unig. Maen nhw'n dilyn pêl-droed o'r Almaen a Phrydain. Mae llawer ohonyn nhw'n ffans o Abertawe a Chaerdydd hefyd.'

Wrth i James holi rhagor o gwestiynau iddo teimlai Tomas yn fwy a mwy hapus. Roedd yn falch – yn falch o fynd â'i gyd-chwaraewyr i Wlad Pwyl.

* * *

'Nôl yn yr arcêd gemau roedd Ryan wedi gwario'i holl bunnoedd a'i ddarnau pum deg ceiniog. Safodd wrth ochr Ben oedd yn chwarae rhyw gêm saethu.

Edrychodd Ryan draw at yr oedolion – y ddau hyfforddwr a'r ddau riant – a gwgodd.

Pan gawson nhw'r newyddion am y daith i Wlad Pwyl roedd Phil wedi gofyn am wirfoddolwyr i helpu. Roedd Ryan wedi gofyn i'w fam ddod, er ei fod yn gwybod y byddai hi'n boendod. Roedd hi wedi ffonio Phil yn syth. Ond roedd rheolwr y tîm wedi dweud nad oedd rhagor o le ar gyfer oedolion ar y daith. Dim ond pedwar lle oedd ar gael.

Ers hynny roedd Ryan wedi gofyn iddo'i hun tybed a oedd hynny'n wir. Efallai nad oedd Phil eisiau iddi ddod. Roedd e'n gwybod bod gan reolwr y tîm broblem gyda'i fam, ond ar y funud hon, roedd ar Ryan angen ei fam.

Ofn Hedfan

Aeth yr awyren ar hyd y llwybr glanio, troi'n araf ac yna roedd yn barod i godi.

Roedd y criw yn y caban wedi dweud wrthyn nhw sut i gael gafael ar y mygydau ocsigen o'r panel uwch eu pennau, a sut i wisgo'u siacedi achub rhag ofn byddai damwain. Daeth y neges ym Mhwyleg yn gyntaf ac yna yn Saesneg. Roedd y fersiwn Pwyleg wedi codi mwy o ofn ar Ryan na'r un Saesneg. Am ryw reswm roedd yn swnio'n waeth.

Ond roedd e'n dal wedi tsiecio bod y siaced achub yno, o dan ei sedd, ac mi oedd hi, diolch byth. Gallai ei theimlo. Roedd yn gwybod sut i'w chyrraedd pe bai angen.

Roedd hefyd wedi darllen dros y cerdyn cyfarwyddiadau mewn argyfwng, gan edrych dros ei ysgwydd i weld ble roedd yr allanfa agosaf. A phwy fyddai'n rhaid iddo wthio heibio iddo er mwyn cyrraedd yr allanfa gyntaf.

Yn sydyn pwysodd mam James dros ei mab oedd yn eistedd drws nesaf i Ryan.

'Wyt ti'n iawn Ryan, cariad? Ti'n edrych braidd yn nerfus. Nag wyt ti'n hoffi hedfan?'

'Dwi'n iawn,' meddai Ryan mewn llais hyderus.

'Iawn, Ryan,' atebodd hi. 'Ond dwi'n fan hyn os wyt ti fy angen i.'

Teimlai Ryan gywilydd. Roedd mam James wedi tynnu sylw at y ffaith bod ofn hedfan arno. Gwelodd fod James yn syllu arno wrth iddo afael yn dynn yn y cyfarwyddiadau diogelwch.

'Jyst tsiecio,' meddai Ryan gan esgus chwerthin a'u rhoi 'nôl. 'Dwi ddim yn trystio'r awyrennau Pwylaidd yma.'

Amneidiodd James mewn ymgais i gefnogi Ryan.

Taniodd yr injans yn uchel ac yn galed.

Dyma oedd y darn roedd ar Ryan ei ofn. Hoffai pe byddai ei fam gyda fe, fel y gallai gydio yn ei braich. Dyma beth roedd wedi ei wneud bob tro roedd e wedi hedfan o'r blaen. Ond heddiw doedd hi ddim yma.

Yn lle hynny, roedd rhaid iddo gydio yn y sedd a syllu allan trwy'r ffenest gan esgus ei fod yn iawn.

Aeth yr awyren yn ei blaen a chlywodd Ryan y sŵn uchel yna wrth i'r awyren gyflymu ar hyd y llwybr glanio.

Y tu ôl iddo gallai glywed Tomas yn
siarad yn llawn cyffro gyda'i dad – siarad
mewn Pwyleg, fel pe na baent mewn awyren
ac ar fin mynd ar gyflymdra o 300 milltir
yr awr gyda dim byd ond caeau a thai o'u
blaenau.

Sut allai Tomas fod mor hapus. Onid
oedd e'n sylweddoli y gallen nhw i gyd gael
eu lladd?

Roedd yr awyren yn mynd yn gyflymach
ac yn gyflymach. Roedd y sŵn yn

frawychus. Roedd yr awyren yn gwneud sŵn annioddefol. Pan deimlodd Ryan yr awyren yn codi trodd ei stumog felly caeodd ei lygaid. Pe bai unrhyw un yn dweud unrhyw beth byddai'n dweud ei fod wedi diflasu gyda'r holl beth ac yn ceisio mynd i gysgu.

Ceisiodd feddwl am ei ffantasi: bod rheolwr dan ddeuddeg Real Madrid yn dod i'w weld yn chwarae ac yn ei arwyddo ar gyfer y clwb.

Roedd Ryan wedi clywed bod awyrennau yn fwy tebygol o gael damwain yn ystod y funud wrth godi neu'r funud wrth ddisgyn. Cyfrodd o un i chwe deg. Yna gallai ymlacio.

Un ... dau ... tri ...

Yna clywodd yr ergyd, o dan yr awyren. Roedd hi fel pe bai'r awyren wedi taro rhywbeth, neu fod rhywbeth wedi syrthio i ffwrdd. Agorodd ei lygaid a chwilio am yr adain. Roedd yr injan yno o hyd. Ac roedd yn gwybod ... roedd yn gwybod mai'r olwynion yn codi oedd yr ergyd a bod hyn yn rhywbeth arferol. Ond ni allai beidio â meddwl am bethau ofnadwy.

Caeodd ei lygaid eto.

Pedwar ... pump ... chwech ...

Ar ôl iddyn nhw fod yn hedfan am amser, trodd James at Ryan.

'Mae Dad fel 'na,' meddai

'Fel beth?'

'Ofn hedfan. Mae'n casáu'r peth.'

'Sdim ots da fi,' meddai Ryan gan blethu ei freichiau. 'Mae'n ddiflas, dyna i gyd. A dylai'r criw fod yn siarad Saesneg. A wel, mae'n hen awyren – siŵr o fod yn rhywbeth brynodd y Pwyliaid oddi ar ryw wlad yn Affrica. Mae'n hen, hen.'

'Felly ti ddim yn meindio hedfan?' holodd James gan wenu.

'Na,' meddai Ryan. Gallai ddweud bod James yn gwybod ei fod yn dweud celwydd, ond ni allai ddweud hynny o flaen pawb.

Roedd yn gweld eisiau ei fam nawr yn fwy nag erioed. Er ei bod hi'n pigo arno o hyd, byddai wedi hoffi ei chael hi ar yr awyren, yn y sedd nesa ato.

Pan ddaeth criw'r caban o gwmpas gyda'r troli o ddiodydd, archebodd ddwy botel o bop ac yfed yr un cyntaf yn gyflym.

Dair awr yn ddiweddarach edrychodd Ryan allan a gweld caeau a mynyddoedd. Gwlad Pwyl. Roedd yr awyren yn dechrau paratoi at lanio.

Roedd yn dal i allu clywed Tomas y tu ôl iddo yn siarad, weithiau ym Mhwyleg, weithiau yn Gymraeg, ac weithiau yn Saesneg.

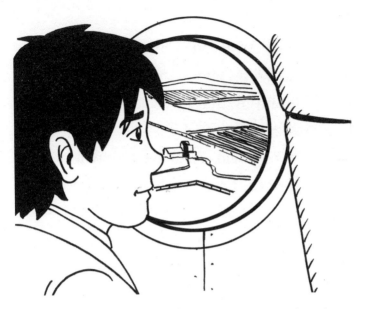

Aeth yr awyren i lawr yn sydyn ... yn rhy sydyn. Cydiodd Ryan ym mreichiau'r sedd gan gyffwrdd ym mhenelin James.

Gwenodd James ar Ryan.

Gwenodd Ryan 'nôl.

Paid gadael i ni gael damwain, meddyliodd.

Meddyliodd am yr holl bethau allai ddigwydd pe na byddai'r awyren yn glanio'n iawn. Pe byddai adain yn taro'r llwybr glanio. Pe byddai'r olwynion yn plygu wrth daro'r llwybr. Fyddai'r awyren yn chwalu'n ddarnau, neu a fyddai'n glanio ac yn llosgi? Meddyliodd am beth fyddai'n ei wneud ym mhob achos. Yna ceisiodd feddwl am bethau eraill.

Ond y cwbl allai glywed oedd Tomas yn siarad.

Wna i fod yn ffeind wrth Tomas, meddyliodd. *Os gallwn ni lanio'n ddiogel, wna i fod yn ffeind wrth Tomas, a rhoi'r gorau i bigo arno.*

Maes Awyr Warsaw

Roedd Ryan ar ben ei ddigon wrth i'r tîm gerdded trwy'r maes awyr. Doedd e ddim yn gallu rhoi'r gorau i siarad. Doedd yr awyren ddim wedi bod mewn damwain, wedi llosgi na gwyro o'r llwybr glanio. Roedd e'n fyw ac roedd e'n gwerthfawrogi pob eiliad o hynny.

'Edrych ar hwnna, yr hysbyseb yna. Ai Pwyleg yw hwnna, Tomas?'

Amneidiodd Tomas.

'Hysbyseb am beth?' Ond nid arhosodd Ryan am yr ateb. 'A pam ei fod e mewn

Pwyleg? O'n i'n meddwl mai Rwsieg roedden nhw'n siarad yng Ngwlad Pwyl.'

Ddywedodd Tomas ddim byd. Am ryw reswm doedd geiriau haerllug Ryan ddim yn ei frifo nawr ei fod 'nôl yng Ngwlad Pwyl.

Roedd yr holl arwyddion Pwyleg yn gwneud i Tomas deimlo'n dda, ynghyd â'r holl bosteri yn hysbysebu pethau na allech eu cael yng Nghymru. A chlywed yr holl gyhoeddiadau yn y maes awyr mewn Pwyleg hefyd. Roedd hyn yn grêt.

Arweiniodd Phil y grŵp trwy'r lle pasborts ac yna i'r man tollau. Roedd tad Tomas yno hefyd, yn cyfri'r bechgyn wrth iddyn nhw fynd drwodd gan gyffwrdd â phen pob un wrth iddyn nhw ei basio a dweud eu henwau mewn llais cadarn.

Roedd yr arwyddion arferol mawr, rhai yn Saesneg, yn dweud: UNRHYW BETH I'W DDATGAN?

'Unrhyw beth i'w ddatgan?' gwaeddodd Ryan. 'Oes – mae Gwlad Pwyl yn drewi.' Daliodd ei drwyn.

'RYAN!'

Llais Phil.

Gallai Ryan weld bod Phil yn aros amdano, felly ceisiodd aros yn agos at gefn y grŵp ond ni symudodd Phil. Roedd y bechgyn eraill a'r oedolion o'u blaenau nhw nawr.

Cerddodd Phil wrth ochr Ryan. 'Dwi'n gwbod dy fod ti'n llawn cyffro. Dw inna'

hefyd. Ond dwi angen i ti osod esiampl i weddill y bechgyn. Ti yw capten y tîm.'

'Iawn, Phil.'

'Ac o'n i'n meddwl popeth ddywedes i 'nôl yng Nghymru. Os gwnaiff un ohonoch chi unrhyw beth i ddod ag enw drwg i Gaerdydd, bydd cosb. Ti'n deall?'

'Ydw, Phil.'

'Mae hynny'n meddwl y gallet ti golli gêm. Neu'n waeth na hynny gallet ti gael dy anfon adre. Deall?'

'Ydw, Phil.'

Gwenodd Ryan yn dawel. Doedd dim unrhyw ffordd y byddai Phil yn ei ollwng o'r tîm. Byddai'n rhaid iddo wneud rhywbeth gwael iawn i fod allan o'r tîm. Fe, wedi'r cwbl, oedd capten tîm dan ddeuddeg Caerdydd.

Pan gyrhaeddodd Phil a Ryan yr ystafell groeso ac ymuno â gweddill eu grŵp

gwelson nhw dorf fawr o bobl. Rhain oedd
y teuluoedd oedd wedi dod i nôl y bechgyn.
Roedd pob chwaraewr yn mynd i dreulio
pedwar diwrnod gyda theulu Pwylaidd.
Roedd gan bob teulu fab oedd yn chwarae i
dîm dan ddeuddeg Legia Warsaw.

Edrychodd Ryan ar y teuluoedd. Yn
dawel bach fe deimlai'n bryderus. Hoffai pe
byddai'n gallu aros mewn gwesty. Doedd
e ddim eisiau aros gyda theulu Pwylaidd.
Bydden nhw'n bwyta bwyd rhyfedd, gwylio
teledu tramor a byddai'n rhaid iddo eistedd
gyda nhw a bod yn gwrtais. A fyddai neb yn
siarad Saesneg, heb sôn am Gymraeg.

Yna clywodd sŵn rhuo. Roedd dau
fachgen ychydig yn hŷn na chwaraewyr
Caerdydd yn rhedeg tuag atyn nhw. Ai nhw
oedd y rapsgaliwns Pwylaidd roedd ei fam
wedi ei rybuddio amdanyn nhw? Yna cydion
nhw yn Tomas a'i guro ar ei gefn gan weiddi.

Roedden nhw'n cofleidio a gwthio Tomas,
oedd a gwên fawr ar ei wyneb. Doedd Ryan
ddim yn cofio gweld Tomas mor hapus
erioed.

'Fy nghefndryd,' eglurodd wrth weddill y
grŵp unwaith iddo ddianc o'u gafael.

Wedyn aeth y cefndryd o gwmpas pawb
gan ysgwyd eu dwylo a dweud 'Croeso i
Wlad Pwyl'.

Tra'i fod yn gwylio ac yn teimlo'n swil ac yn anghyffyrddus teimlodd Ryan law ar ei ysgwydd. Beth nawr? Oedd Phil eisiau rhoi stwr arall iddo?

Ond mam James oedd yno. Gan edrych ar ei hwyneb teimlai Ryan yn well – wyneb cyfarwydd yng nghanol y dieithrwch yma i gyd.

Roedd menyw dal a chanddi wallt melyn yn sefyll nesaf at fam James. Roedd hi'n gwenu ac yn estyn ei llaw ato.

'Ryan,' meddai mam James, 'dyma dy fam tra dy fod ti yma – Mrs Boniek.'

Gwenodd Ryan. 'Helô,' meddai mewn llais roddodd sioc iddo, am ei fod mor dawel.

Wynebau

Y diwrnod wedyn teithiodd y tîm ar fws i gae hyfforddi Legia. Sylwodd Tomas fod pawb yn dawel. Oedden nhw'n teimlo'r un fath am Wlad Pwyl ag roedd e wedi teimlo am Brydain pan gyrhaeddodd yno am y tro cyntaf?

Roedd yn gallu cofio'r diwrnod yn glir iawn. Cyrraedd maes awyr Caerdydd gyda'i fam a'i dad, yn gwybod ei fod yno i aros. Ac er ei fod wedi bod i Brydain o'r blaen ar wyliau ac ar deithiau gwaith ei dad, roedd pethau'n wahanol y tro hwn. Y lleisiau i gyd yn siarad iaith wahanol, ac roedd y posteri anferth ar hyd y lle yn hysbysebu pethau nad oedd wedi eu gweld o'r blaen: llyfrau, colur, ceir, banciau a rhai pethau nad oedd ganddo syniad beth oedden nhw.

Roedd wedi amau mai fel hyn y byddai hi. Roedd symud i wlad arall yn un o'r pethau rhyfeddaf iddo ei wneud erioed.

Tra bod Tomas yn meddwl am hyn, dwy res y tu ôl iddo roedd Ryan yn syllu allan drwy ffenest y bws.

Y peth cyntaf y sylwodd Ryan arno oedd bod y bobl yn edrych yn wahanol yng Ngwlad Pwyl. Roedd Ryan yn cofio gweld timau o Ddwyrain Ewrop yn chwarae yng Nghynghrair y Pencampwyr. Roedd y bobl yn fan hyn yn ei atgoffa o'r rheiny. Pobl ryfedd yr olwg.

Aeth y bws drwy gatiau ac ar hyd ffordd oedd yn edrych fel stad o dai. Roedd

warysau haearn enfawr ac arwyddion
anferth arnyn nhw ar ddwy ochr y ffordd –
a'r cyfan mewn Pwyleg.

Ni siaradodd unrhyw un, ddim tan i'r bws
oedi ac i Phil godi.

Edrychodd y bechgyn i gyd arno.

'Reit 'te, bois,' meddai Phil. 'Dyma hi.
Mae dwy awr cyn i'r gêm ddechrau felly
fydden i'n hoffi i ni fynd ar y cae cyn gynted

ag y gallwn ni er mwyn ystwytho ryw
ychydig ar ôl y siwrne hir 'ma.'

Agorodd y drysau ac arweiniodd Phil
bawb oddi ar y bws. Safodd y bechgyn mewn
rhes a gweld bod grwpiau o bobl yn eu
gwylio.

Edrychodd Ryan o'i gwmpas. Roedd hyn
yn cŵl. Roedd e wedi gweld chwaraewyr yn
dod oddi ar fysiau ar y teledu. A nawr roedd
e'n gwneud yr un peth, yn camu oddi ar y
bws fel pêl-droediwr go iawn.

Yna yn sydyn roedd cymeradwyaeth.
Roedd yr holl bobl yn curo eu dwylo ar
gyfer tîm dan ddeuddeg Caerdydd. Tîm
Ryan.

Dechreuodd Phil ysgwyd llaw gyda
phobl yn y dorf wrth iddo arwain y tîm i'r
ystafelloedd newid. Gwelodd Ryan James a
Ben, Yunis a Gwilym o'i flaen, yn gwenu ac
yn ysgwyd llaw gyda phobl hefyd.

Yna estynnodd rhywun law tuag at Ryan.
Dyn oedd yno gyda gwallt melyn byr ac
wyneb coch, crwn.

'Croeso i Wlad Pwyl,' meddai'r dyn.

Ysgydwodd Ryan ei law yn gyflym a
cherdded 'mlaen gan ddweud dim.

Chwyrlïodd y bêl ar draws y cae yn uchel
ond yna gostwng. Rhedodd Tomas o'i linell a
chafodd ei ddallu– am eiliad – gan yr haul.

Ble oedd y bêl?

Gwthiodd ei freichiau allan i ble'r oedd
yn meddwl y dylai'r bêl fod. Daeth y bêl i'w
freichiau fel pe bai'n perthyn iddo. Tynnodd
y bêl at ei fron a syrthio i'r llawr gan ei
chuddio rhag blaenwyr Warsaw.

O'i gwmpas gallai glywed cymeradwyaeth
a gweiddi.

'Bravo Caerdydd! Bravo Caerdydd!'

'Caerdydd! Hura!'

A'r cyfan yn bethau da mewn Pwyleg yn ei ganmol am ei waith fel gôl-geidwad.

Y foment honno teimlai Tomas falchder mawr. Roedd e fan hyn yn chwarae pêl-droed yn ei gartref eto, a'r tro hwn fel chwaraewr i Gaerdydd.

Cododd Tomas a dal y bêl yn agos cyn ei phasio at Ryan.

Rhoddodd Ryan ei droed arni ac edrych o'i gwmpas.

Roedd hi'n anodd gweld y chwaraewyr eraill, roedd cymaint o bobl ar ochr y cae, pawb wedi dod i weld Caerdydd yn chwarae Legia Warsaw.

Ac roedd Ryan yn gwybod bod chwaraewyr o'r ddau dîm arall yn y twrnament ymhlith y dorf hefyd: AC Milan a Real Madrid.

Gwelodd Gwilym yn barod i redeg i lawr y chwith a phasiodd y bêl ato.

Cymerodd Gwilym y bêl, ei chyffwrdd
ddwywaith, gwirio a phasio'r bêl at Yunis.
Gwilym a Yunis: y ddau bartner, a sgorwyr
y rhan fwyaf o goliau ar gyfer Caerdydd y
tymor hwn.

Cododd Yunis i benio'r bêl heibio'r gôl-
geidwad, ond roedd hwnnw'n barod amdani,
a gwnaeth ei dwy law atal y bêl.

Roedd Legia yn dda. Doedd hyn ddim yn
mynd i fod yn hawdd.

Y Gêm Gyntaf

Hanner amser ac roedd y gêm yn ddi-sgôr.

Teimlai Ryan fod y ddau dîm yn chwarae gystal â'i gilydd, ond roedd Phil yn anghytuno.

Mae'n rhaid i ni 'i siapio hi,' meddai rheolwr y tîm. Roedd e'n swnio'n grac. 'Ry'n ni'n eu gwahodd nhw aton ni. Ryan, cadwa'r amddiffynwyr yn uwch ar y cae. Does dim llawer o gyflymdra gan Warsaw felly gallwn ni fforddio chwarae yn uwch i fyny'r cae. A Tomas?'

Cododd Tomas ei ben. Roedd am ddweud wrth Phil fod yr haul wedi bod yn broblem ac y byddai pethau'n haws yn yr ail hanner. Bob tro roedd wedi mynd am y bêl roedd wedi cael ei ddallu gan yr haul.

'Tomas,' meddai Phil, 'ti'n chwarae'n dda. Oni bai amdanat ti bydden ni'n colli o dri phwynt ac allan o'r gêm. Wnest di ymdopi gyda'r haul yn dy lygaid yn wych.'

Gwenodd Tomas wrth i Phil fynd yn ei flaen. 'Os ydyn ni'n mynd i wneud yn dda yn y twrnament hwn mae angen i ni ennill yn erbyn y criw yma. Mae Milan a Madrid yn gryf iawn. Beth am i ni fynd amdani yn yr ail hanner?'

Dechreuodd yr ail hanner gyda Legia'n ymosod eto ond roedd James a Ryan yn atal popeth roedd Legia'n ei daflu atyn nhw. Roedd hi'n ymddangos bod Legia ddim ond yn gallu chwarae i lawr y canol a ddim ar yr esgyll o gwbl. Roedd Caerdydd yn dechrau ennill hyder.

Gydag ugain munud yn weddill cafodd James afael ar y bêl oddi ar Legia eto. Aeth i basio'r bêl 'nôl at Tomas yna trodd a chicio'r bêl ar draws canol cae Legia.

Roedd Chi, chwaraewr canol cae gweithgar y tîm, wedi cael gafael ar y bêl ar unwaith.

Fe'i daliodd, troi a'i chicio 'nôl at Sam oedd yng nghanol y cae. Ciciodd Sam hi at Gwilym heb i'r bêl oedi o gwbl.

Roedd y weithred hon yn unig yn ddigon i drechu Legia, achos roedd Gwilym yn ei rheoli fel milgi, gan faeddu cefnwr Legia ar y dde o ran cyflymdra.

Roedd Ryan yn gwybod beth fyddai'n digwydd nesaf. Byddai Gwilym yn mynd yn agos at y cwrt cosbi ac yna'n cicio'r bêl at Yunis. Byddai Yunis yn cyrraedd yn hwyr gan dwyllo'r amddiffynnwr ac yna byddai'n sgorio.

Rhedodd Ryan i mewn i ran Legia o'r cae, yn barod i godi'r bêl pe byddai'n dod yn rhydd. Roedd Phil wedi gofyn iddo wneud hyn bob tro y byddai Caerdydd yn ymosod.

Cyffyrddodd Gwilym â'r bêl dair gwaith ac yna ei phasio at Yunis. Ciciodd Yunis y bêl at y gôl ond roedd y gôl-geidwad yn barod. Fodd bynnag, yn hytrach na dal y bêl, taflodd y gôl-geidwad Pwylaidd y bêl allan o'r ardal.

Roedd Ryan yn cofio Phil yn dweud y dylai fod yn barod am hyn. 'Mae gôl-geidwaid y cyfandir yn taro'r bêl yn ogystal â'i dal hi.'

Bownsiodd y bêl chwe llathen o flaen Ryan a Ben. Gallai unrhyw un o'r ddau fod wedi cymryd y bêl. Roedd Ben yn giciwr gwell ac yn fwy cyfarwydd â sgorio.

Ond roedd Ryan wedi gweld bod gôl-geidwad Legia yn dal i orwedd ar y llawr felly galwodd am y bêl, camu o flaen Ben a'i chicio fel roedd wedi gweld un o chwaraewyr Real Madrid yn ei wneud y tymor cyn hynny. Pêl uchel dros ei gyd-chwaraewr oedd yn disgwyl iddo ei phasio iddyn nhw. Dros amddiffynwyr Legia. Dros y gôl-geidwad.

Un i ddim.

Safai Ryan lle'r oedd wedi cicio'r bêl –
roedd hyn o leiaf dri deg llath – a chododd
ei freichiau yn yr awyr.

Clywodd y gymeradwyaeth.

Teimlai'n dda. Yn dda iawn.

Roedd yn gobeithio bod rheolwr tîm dan
ddeuddeg Real Madrid yno yn gweld ei gôl.

Ar ôl hynny newidiodd y gêm.

Roedd Warsaw'n edrych fel pe baen nhw
wedi digalonni. Yn lle bod Caerdydd yn
chwarae'n ddwfn, roedd Warsaw'n gwneud
hyn ac yn gwahodd Caerdydd i ymosod.

Ac fe dderbyniodd Caerdydd y
gwahoddiad.

Llai na deng munud ar ôl ei gôl
dechreuodd Ryan ar ymosododiad arall.
Rhedodd i'r gwagle roedd Warsaw wedi ei

greu a chwarae'r bêl yn llydan at Wil ar
y dde.

Cymerodd Wil y bêl heibio ei
amddiffynnwr cyntaf a phasio'r bêl at
Yunis.

Pasiodd Yunis y bêl 'nôl at Ryan oedd
wedi dod ymlaen yn bellach i fyny'r cae.
Gwelodd Ryan y gôl-geidwad yn dod oddi
ar ei linell eto.

Penderfynodd ymosod eto.

Roedd yn dda am wneud hyn.

Ciciodd y bêl, ond yn lle hedfan dros
ben y gôl-geidwad ac i mewn i'r rhwyd fel
roedd wedi ei ddisgwyl, gwyrodd y bêl i'r
chwith a glanio o flaen y gôl, ond yn dal yn
y cwrt cosbi lle'r oedd Wil ac amddiffynnwr
Pwylaidd yn dynn am ei sodlau.

Neidiodd Wil uwchben yr amddiffynnwr
a chicio'r bêl drosto a thros y gôl-geidwad.

Dwy gôl i ddim.

Safai Ryan eto gyda'i freichiau yn yr awyr.

Rhagor o gymeradwyaeth.

Un Gêm wedi ei Chwarae, Dwy i Fynd

'Ai ni oedd yn wych neu nhw oedd yn wael?' gofynnodd Ryan wrth ddal ei law i fyny.

Roedd y bechgyn 'nôl yn yr ystafell newid. Roedd y gêm drosodd. Pedair gôl i ddim.

Cododd Ben ei fawd ar Ryan. Yna James. Yna Connor.

'Grêt,' meddai Ryan. 'Pwy sy nesa?'

'Milan,' meddai James mewn llais difrifol.

'Milan?'

'Efallai na fydd pethau mor hawdd yn erbyn Milan,' meddai James.

Amneidiodd Ryan yn gyflym. Roedd yn hapus, yn llawn cyffro ar ôl y gêm, ac ar ôl ei gôl. Ond doedd e ddim eisiau poeni am y gêm nesaf. Roedd am deimlo'n dda am hon.

'Wel, does neb yn mynd i fod mor hawdd i'w curo â'r criw yna,' meddai Ryan. 'Does dim siâp ar gôl-geidwaid Pwylaidd!'

Edrychodd Tomas ar Ryan, a oedd yn eistedd ar un o'r meinciau.

'Heblaw amdanat ti, wrth gwrs,' meddai Ryan yn gyflym.

'Oni bai am gôl-geidwaid Pwylaidd,' meddai llais y tu ôl iddo, 'gallen ni fod wedi colli'r gêm yna o bedair gôl i ddim.'

Phil oedd yna. Roedd newydd gerdded i mewn i'r ystafell.

'Ie,' meddai Ryan. 'Da iawn, Tomas.'

Teimlai Tomas yn rhyfedd. Roedd yn

derbyn ei fod wedi chwarae rhan fawr yn y fuddugoliaeth, yn enwedig yn ystod yr hanner cyntaf. Ac roedd wrth ei fodd ei fod heb ildio gôl i'r tîm o Wlad Pwyl. Ond unwaith eto, roedd Ryan yn mynd ar ei nerfau. Roedd hi'n ymddangos bod popeth roedd Ryan yn ei ddweud yn lladd ar bopeth Pwylaidd.

Roedd rhan fach ohono'n difaru nad oedd Legia wedi eu curo, er mwyn gwneud pwynt.

Daeth Phil at Tomas a rhoi ei law ar ei gefn a mynd ar ei gwrcwd i siarad gydag e.

'Da iawn, Tomas. Fentra i fod dy dad yn ddyn balch allan yn fan'na yn dweud wrth bawb am ei fab.'

Gwenodd Tomas.

Safodd Phil.

'Ryan?'

'Ie, Phil?'

'Nest di chwarae'n dda. Capten da. Gôl

dda. A nest di wir helpu i ennill y gêm.'
Syllodd Phil at y drws a siarad mewn llais
tawelach. 'Ga i air gyda ti y tu allan?'

'Iawn, Phil,' meddai Ryan gan ddilyn Phil
o'r ystafell.

Am beth oedd hyn? Oedd Phil yn mynd i
roi rhywbeth iddo?

Daeth syniad i'w ben. Efallai bod rhywun o Real Madrid wedi ei weld yn chwarae ac am siarad gydag e?

Arweiniodd Phil Ryan ar hyd coridor, trwy ddrws ac i swyddfa wag. Roedd posteri ar y waliau. Dangosai un sut roedd cyhyrau'r corff yn gweithio.

'Sut wyt ti, Ryan?' gofynnodd Phil.

'Iawn,' meddai Ryan. 'Grêt.'

'Beth am y teulu sy'n edrych ar dy ôl di? Ydyn nhw'n garedig?'

'Ydyn, maen nhw'n iawn.' Meddyliodd Ryan am y fenyw dal â gwallt melyn. Roedd hi wedi bod yn garedig. Yn garedig iawn. Roedd hyd yn oed ystafell ymolchi ei hun ganddo yn ei ystafell fel nad oedd rhaid iddo gerdded o gwmpas y tŷ os oedd e angen mynd i'r tŷ bach. Roedd y mab yn iawn ond doedd dim llawer o Saesneg ganddo. A beth bynnag, dim ond chwaraewr o Legia Warsaw oedd e. Doedd e ddim yn chwarae i Madrid neu Milan.

'Yn iawn?' holodd Phil. 'Beth wyt ti'n feddwl?'

'Wel, chi'n gwybod. Maen nhw'n wahanol. Mae'r fam yn siarad Saesneg digon da. Ond mae'r gweddill ...'

Edrychodd Phil arno.

'Ac mae'r bwyd ychydig yn rhyfedd,' aeth Ryan yn ei flaen. 'Chi'n gwybod, yn blasu'n rhyfedd ...'

Cododd Phil ei law.

Rhoddodd Ryan y gorau i siarad.

'Ryan, rwyt ti'n sylweddoli mai Gwlad Pwyl yw hwn, nid Prydain. Ac nad yw pobl yn siarad Saesneg fel eu hiaith gynta, ar y cyfan. Nad ydyn nhw'n bwyta bwyd Prydeinig: maen nhw'n bwyta beth bynnag maen nhw'n ei hoffi ac wedi ei hoffi ers cannoedd o flynyddoedd. Ac os rhywbeth, dylet ti fod yn siarad gyda nhw mewn *Pwyleg.*'

Chwarddodd Ryan. 'Ond dylai pawb allu siarad Saesneg. Nag y'n nhw'n ei ddysgu 'ma?

'Gwranda, Ryan,' meddai Phil. 'Nid stŵr yw hwn ond gair tawel. Cofia beth ddywedes i am barch. Parchu Gwlad Pwyl. Ni yw eu gwesteion nhw.'

Doedd Ryan ddim yn gwenu bellach. 'Sori,' meddai.

'Mae'n iawn,' meddai Phil. 'Unrhyw beth arall? Ydy gweddill y bechgyn yn hapus? Dwi'n dibynnu arnat ti i gadw llygad arnyn nhw.'

'Ydyn, Phil. Mae pawb yn iawn.'

'Da iawn, Ryan,' meddai Phil. 'Wel, gad i fi wybod os oes problem.'

'Iawn.'

'Grêt,' meddai Phil. 'Nawr beth am fynd i wylio'r gêm arall? Dwi'n siŵr dy fod yn edrych 'mlaen i weld Real.'

Cerddodd Phil a Ryan i lawr y coridor i ymuno â gweddill y tîm.

Dydd Mercher 16 Tachwedd
Legia Warsaw 0 Caerdydd 4
Goliau: Ryan, Wil, Yunis, Gwilym
Cardiau melyn: Chi, Sam

Marciau allan o ddeg i bob chwaraewr gan
reolwr y tîm dan ddeuddeg:

Tomas	8
Connor	7
James	8
Ryan	8
Craig	6
Chi	6
Sam	7
Wil	7
Gwilym	8
Yunis	8
Ben	8

Real yn erbyn Milan

Ymunodd Ryan â'i ffrindiau ar ochr y cae i wylio tîm dan ddeuddeg Real Madrid yn chwarae tîm dan ddeuddeg AC Milan. Safodd wrth ochr James a Ben.

'Maen nhw'n dda,' meddai James yn ei lais tawel, hyderus arferol.

Gallai Ryan *weld* fod Madrid a Milan yn dda. Yn enwedig Madrid. Roedden nhw'n pasio'r bêl o gwmpas yn hawdd.

Un cyffyrddiad. Pasio'r bêl. Cyffyrddiad. Pasio'r bêl.

Doedd Ryan ddim yn gwybod sut byddai Caerdydd yn gallu amddiffyn yn erbyn y math yma o gêm bêl-droed. Roedd hi fel gwylio tîm cyntaf Real Madrid, nid eu plant.

Ond roedd yn ddiddorol sylwi nad oedd y chwaraewyr i gyd yn gewri, fel roedd chwaraewyr Legia Warsaw. Roedd rhai ohonyn nhw'n fach iawn, yn llai na Gwilym. Ond unwaith roedden nhw wedi cael gafael ar y bêl roedd hi fel petaen nhw'n gallu gwneud unrhyw beth.

Er y byddai hi'n anodd, roedd Ryan yn methu aros i chwarae yn erbyn Real Madrid. Dyma oedd ei freuddwyd, yn un o'r pethau roedd e wedi bod yn edrych 'mlaen at ei wneud.

Daeth ail gêm y twrnament i ben a'r sgôr oedd Real Madrid 2 AC Milan 2.

Cafodd y ddau dîm eu cymeradwyo wrth adael y cae gan y dorf a oedd yn bennaf yn Bwyliaid.

Roedd y twrnament wedi dechrau'n iawn.

Roedd trefn y twrnament pedwar tîm yn syml. Roedd rhaid i bob tîm chwarae yn erbyn ei gilydd. Un gêm y diwrnod. Tair gêm yr un. Yna byddai'r ddau dîm oedd ar y brig yn chwarae mewn ffeinal ar y diwrnod olaf – er mwyn ennill tlws Tomasz Milosz.

Ar ôl i bob tîm chwarae unwaith, edrychai tabl y twrnament fel hyn:

	Wedi chwarae	Ennill	Cyfartal	Colli	+ -	Pwyntiau
Caerdydd	1	1	0	0	4–0	3
Real	1	0	1	0	2–2	1
Milan	1	0	1	0	2–2	1
Legia	1	0	0	1	0–4	0

Dechrau da i Gaerdydd, dechrau da iawn.

Ar ôl i'r chwaraewyr o Sbaen a'r Eidal newid roedd parti croesawu i bob un o'r pedwar tîm yn stadiwm Legia, mewn ystafell wledda oed yn edrych dros y cae.

Roedd Tomas yn hapus iawn ei fod yma ac yn rhan o'r twrnament, a'i fod wedi dod 'nôl i Wlad Pwyl yn gwisgo crys tîm pêl-droed o Gymru. Crys Caerdydd. Crys enwog iawn.

Yn ystod y parti roedd cyfres o areithiau ym Mhwyleg, Eidaleg, Sbaeneg a Saesneg. Cyn hynny bu Tomas yn siarad gyda chwaraewr o Legia Warsaw o'r enw Lukas. Roedd e'n dod o'r un rhan o'r dref â Tomas. Wrth iddyn

nhw sgwrsio teimlai Tomas fod ei acen leol yn cryfhau. Roedd hynny'n deimlad da.

Gwyliodd Tomas bawb yn ystod yr areithiau. Roedd hi'n amlwg nad oedd gan Ryan unrhyw amynedd wrth iddo wrando ar y gwahanol ieithoedd.

Roedd chwaraewyr Real gyda'i gilydd yn gwisgo teis a siacedi, yn gwrando mewn tawelwch.

Roedd chwaraewyr Legia yn eu dillad ymarfer, rhai ohonyn nhw'n siarad yn ystod y fersiwn Eidaleg o'r araith.

Roedd yr Eidalwyr â'u gwalltiau tywyll yn gwenu'n hyderus, er eu bod wedi cael gêm agoriadol gyfartal.

Yna edrychodd Tomas ar ei gyd-chwaraewyr. Ei gyd-chwaraewyr o Gymru.

Gwelodd Gwilym a Yunis yn sefyll gyda'i gilydd, ysgwydd yn ysgwydd, er bod Gwilym droedfedd yn fyrrach. A James a Ben, yr unig

ddau fachgen tywyll yn yr ystafell, yn yfed pop
o'u gwydrau union yr un pryd. Hyd yn oed
Ryan, oedd yn rhoi gymaint o drwbwl iddo.
Rhain oedd ei gyfeillion yn y tîm. Roedd e'n
un ohonyn nhw, yn chwaraewr dros Gaerdydd,
nid chwaraewr dros Wlad Pwyl. Chwaraewr o
Gymru. Teimlai'n falch o fod yn eu canol.

Ond yna – o gornel ei lygad – gwelodd grŵp
o fechgyn eraill yn sefyll wrth ochr James a
Ben. Bechgyn o Wlad Pwyl. Roedden nhw i
gyd yn gwisgo siacedi lledr du. Yn bendant,
nid chwaraewyr Legia oedden nhw; byddai
Tomas wedi eu hadnabod. Efallai eu bod yn
gefnogwyr o'r gemau blaenorol, meddyliodd.
Mae'n rhaid bod ganddyn nhw rywbeth i'w
wneud â *rhywun* neu fydden nhw ddim yma.

Doedd Tomas ddim cweit yn siŵr beth oedd
yn digwydd ond gwelodd un ohonyn nhw'n
chwerthin ac yna'n gwthio James yn fwriadol; ei
wthio'n ysgafn ond eto roedd yn hollol fwriadol.

81

Trodd James atyn nhw. Roedd wedi tywallt ei ddiod dros ei ddillad ond er hynny rhoddodd wên gyfeillgar i'r bechgyn.

Mae e'n meddwl mai damwain oedd e, meddyliodd Tomas.

Yna gwelodd y bechgyn yn dal eu dwylo i fyny fel pe baent yn dweud taw damwain *oedd* e.

Doedd Tomas ddim yn hoffi beth roedd newydd ei weld. Pam wnaethon nhw'r fath beth, yn gwthio James ar bwrpas? Roedd Tomas yn siŵr mai dyna beth wnaethon nhw, ac roedd rhywbeth am hyn i gyd oedd yn achosi pryder iddo.

Arwr

Roedd y parti bron â dod i ben pan glywodd Tomas sŵn curo ar feicroffon.

Roedd rhywun yn mynd i wneud araith. Un arall! Roedd hyd yn oed Tomas wedi cael llond bol ar glywed popeth mewn pedair iaith. Edrychodd ar ei dad fel pe bai'n dweud, *Mae hyn yn mynd yn ddiflas*. Ond roedd ei dad yn syllu ar y llwyfan a'i lygaid ar agor led y pen.

Edrychodd Tomas ar y llwyfan. Roedd dyn tal – yn ei chwedegau – yn sefyll, yn aros i gael ei gyflwyno. Dyn â dwylo enfawr. Pwy oedd hwn a pham oedd ei dad yn dangos gymaint o ddiddordeb?

'Foneddigion a boneddigesau,' meddai arweinydd y noson, 'rydym yn falch o ddweud bod gwestai arbennig wedi ymuno â ni heno. Doedd e ddim i fod i ddod tan ddiwrnod olaf y twrnament ond dyma fe. Rhowch groeso i Tomasz Milosz.'

Edrychodd Tomas mewn syndod. Hwn oedd arwr ei dad. Arferai fod yn gôl-geidwad i Wlad Pwyl. Cafodd Tomas ei enwi ar ei ôl.

'Dwi'n hapus iawn i fod yma,' meddai Milosz yn Saesneg, 'yn rhan o'r twrnament gwych yma a enwyd ar fy ôl i. Diolch.'

Oedodd Milosz. Roedd rhai aelodau o'r gynulleidfa yn meddwl ei fod wedi gorffen siarad a dechreuon nhw gymeradwyo.

Ond daliodd y gôl-geidwad un o'i ddwylo anferth i fyny. 'Na, dwi ddim wedi gorffen,' meddai gan chwerthin. 'Mae gen i fwy i'w ddweud. Mae hi'n dda gweld timau o bedair o wledydd pêl-droed gorau'r byd – Cymru, Sbaen, yr Eidal ... a Gwlad Pwyl!'

Chwarddodd y gynulleidfa i gyd.

'Cymru yn enwedig,' meddai. 'Dwi am longyfarch y tîm o Gymru – Caerdydd – am fod ar dop y gynghrair hyd yn hyn. Rhoddoch chi dipyn o gweir i Legia.'

Ochneidiodd y dorf.

'Ond dy'ch chi byth yn gwybod,' meddai Milosz. 'Efallai y bydd rhai ohonoch yn cofio 1973, pan wnaeth chwaraewyr Lloegr fy ngalw i'n glown. Ond fi oedd yn chwerthin pan guron ni'r Saeson.'

Dechreuodd y gynulleidfa gymeradwyo.

'Diolch,' meddai Milosz. 'Dyna ddiwedd

fy araith i, wir. Mwynhewch y twrnament,
bois'.

Ar ôl yr araith aeth Tomas at ei dad.

'Ydy e wedi mynd?'

'Dwi'n credu ei fod e,' meddai tad Tomas,
gan wenu fel giât. 'Falle welwn ni fe wedyn.'

'Gobeithio,' meddai Tomas. 'Gobeithio.'

Roedd rhywbeth arbennig am siarad â
dyn oedd yn arfer gwarchod y gôl i Wlad
Pwyl, rhywbeth hynod o gyffrous.

Ail Gartref

Dyma'r ail noson i Ryan dreulio yng nghartref ei deulu dros dro.

Ar y noson gyntaf roedd wedi esgus ei fod wedi blino ac wedi mynd i'r gwely. Y bore wedyn roedd wedi dod o'i ystafell yn hwyr er mwyn osgoi tad y tŷ – doedd e ddim wedi cwrdd â fe eto.

Roedd yn eitha hoff o'r fam oedd yn gofalu amdano. Roedd hi'n siarad Saesneg perffaith ac roedd hi'n annwyl a charedig.

Gyrrodd hi Ryan adref. Jîp mawr oedd y car, bron mor fawr â Humvee. Roedd yn rhaid fod ganddyn nhw ddigon o arian.

Roedd y bachgen – Lech – nad oedd wedi chwarae i Legia y diwrnod hwnnw gan ei fod wedi ei anafu, yn gofyn cwestiynau i Ryan, a'r fam yn cyfieithu.

Doedd Ryan ddim yn gallu deall beth roedd Lech eisiau ei ddweud. Teimlai braidd yn dwp gan nad oedd yn gallu siarad yr iaith roedd pawb arall yn y car yn ei siarad.

'Mae Lech eisiau gwybod sut beth yw chwarae i Gaerdydd, ac wyt ti'n adnabod chwaraewyr y tîm cyntaf?'

'Dwi wedi cwrdd â rhai ohonyn nhw,' meddai, yn dal i deimlo nad oedd am siarad, ond o leiaf gallai siarad am ei hunan nawr. 'Ac mae'n dda chwarae i Gaerdydd. Weithiau ni'n cael mynd i wylio gemau'r tîm cyntaf, os oes lle.'

Cyfleodd y fam yr wybodaeth hon i Lech mewn Pwyleg. Gwenodd y bachgen a chyffroi drwyddo.

Siaradodd ei fam nesaf. 'Mae Lech yn ffan mawr o Gaerdydd. Mae'n eu gwylio nhw ar y teledu, yma yng Ngwlad Pwyl.'

Gwenodd Ryan.

Aeth pawb yn dawel. Roedd Ryan yn gwybod y dylai ofyn cwestiwn nawr, a dangos diddordeb ynddyn nhw ac nid siarad amdano fe'i hunan yn unig.

'Ers pryd mae Lech wedi bod yn chwarae i Legia Warsaw?' gofynnodd.

Gofynnodd y fam y cwestiwn i Lech mewn Pwyleg.

Cododd y bachgen ei law. Tri bys.

Amneidiodd Ryan. 'Dwi wedi bod yng Nghaerdydd ers pedair blynedd,' meddai.

Daliodd bedwar bys i fyny.

Gwenodd Lech a dweud rhywbeth arall.

'Mae gan fy mab DVDs o dîm Caerdydd. Fyddet ti'n hoffi eu gwylio nhw gyda fe heno?"

'Iawn,' meddai Ryan. 'Grêt.'

Yn sydyn teimlai'n well. Roedd wedi bod yn ansicr ynglŷn â chael pryd o fwyd gyda'r teulu heno, ond erbyn hyn efallai byddai pethau'n iawn.

Gwenodd wrth i'r car anferth yrru trwy gyrion Warsaw tuag at eu cartref.

Ffonio Cymru

Gwenodd Ryan ar fam Lech a dechrau deialu. Rhoddodd god y DU yn gyntaf ac yna rhif ei gartref – heb y sero ar y dechrau.

Roedd Mrs Boniek wedi dweud wrtho beth i'w wneud. Roedd hi'n garedig.

Gyda chlic, dechreuodd y ffôn ganu.

Edrychodd Ryan o gwmpas yr ystafell fyw. Roedd hi'n ystafell fechan. Roedd popeth yn daclus heblaw am ddau bentwr o lyfrau ar y llawr.

'Ie?' Mam Ryan oedd yna.

'Helô Mam, fi sy 'ma.'

'Ryan! Wyt ti'n iawn? Wnaethoch chi ennill y gêm?'

Roedd Ryan yn gwybod y byddai ei fam yn cofio eu bod wedi chwarae heddiw. Byddai hi wedi bod yn poeni am y gêm.

'Do. Pedwar – dim.'

'Da iawn. Fentra i bo' nhw'n ofnadwy,' meddai ei fam. 'Roeddech chi'n chwarae'r Pwyliaid gynta, on'd o'ch chi?'

'O'n.' Roedd Ryan am ddweud wrth ei fam am ei gôl ond chafodd e ddim cyfle.

'Mam?'

'Dwi'n gwybod y bydd hi'n anoddach yn erbyn y lleill, Ryan. Ti'n gwybod 'ny. Dyw pêl-droed Dwyrain Ewrop yn ddim byd o'i gymharu â phêl-droed yn yr Eidal neu Sbaen.'

Ddywedodd Ryan ddim byd. Doedd dim pwynt unwaith roedd ei fam wedi dechrau mynd drwy ei phethau.

'Byddan nhw'n pasio'r bêl i'w gilydd.
Byddwch chi'n lwcus i gyffwrdd ynddi.' Aeth
hi ymlaen ac ymlaen yn sôn am dimau nad
oedd hi erioed wedi eu gweld ac nad oedd hi'n
mynd i'w gweld am nad oedd hi yma.

Ar ôl oedi am funud, meddai ei fam, 'A beth
am y teulu ti'n aros gyda nhw? Ydyn nhw'n
edrych ar dy ôl di? Achos os nad ydyn nhw, wna
i ffonio Phil a gofyn iddo gael gair gyda nhw.'

'Ma' nhw'n iawn,' meddai Ryan.

'Ydyn nhw wedi rhoi bwyd i ti?'

'Ddim eto. Dwi wedi ...'

'Ddim eto? Ti 'di bod yna am ddiwrnod yn barod!'

'Na, sôn am heno 'ma o'n i. Fwytaon ni ...'

'Dwi'n mynd i ffonio Phil. O'n i'n gwybod y bydden nhw'n dda i ddim. Pam fydden nhw'n gofalu amdanat ti? Dy'n nhw ddim yn dy nabod di ...'

'Mam!' gwaeddodd Ryan. 'Ma' nhw'n neis. Mae'r fam yn garedig tu hwnt. Dangosodd hi i fi sut i ddefnyddio'r ffôn. Mae hi wedi cynnig lot o fwyd i fi.'

'O wir?'

Edrychodd Ryan ar y nenfwd. Roedd e'n gwybod beth oedd yn dod nesaf. Pam na allai ei fam fod fel mamau eraill?

'Fyddi di eisiau aros draw fan'na 'te?' meddai ei fam. 'Nag ydw i'n edrych ar dy ôl di'n ddigon da?'

'Mam!'

'Beth mae hi di 'gynnig i ti?'

'Sai'n gwbod. Bara ... '

'Bara. Dyna i gyd?'

'Mam ...'

'Pa fath o fara?'

'Mam,' gwaeddodd Ryan eto. 'Sgories
i heddi ...'

Milan

Y diwrnod wedyn, roedd Tomas yn cynhesu cyn y gêm yn erbyn Milan.
Roedd yn ymestyn un goes ar ôl y llall. Ei gluniau. Ei bigyrnau. Yna symudodd at ei ysgwyddau gan eu cynhesu nhw hefyd. Eu gwthio mor bell ag y gallen nhw fynd.
Roedd hi'n fore braf ac yn gynhesach na'r diwrnod cynt.

Yna gwelodd e Lukas yn rhedeg tuag ato yn edrych fel bod rhywbeth yn bod. Roedd Tomas yn gobeithio bod popeth yn iawn. Roedd wedi dod ymlaen yn dda gyda'r chwaraewr o Legia yn y parti ar ôl y gêm y noson cynt.

'Popeth yn iawn?' meddai Tomas.

'Ydy, iawn,' atebodd Lukas, 'ond wyt ti wedi gweld pwy sydd yma?'

'Pwy? Tomasz Milosz?' Roedd Tomas yn llawn cyffro wrth feddwl am chwarae o flaen y cyn-gôl-geidwad o Wlad Pwyl.

'Dim fe'n unig. Mae Robert Dejna o sgwad ieuenctid Gwlad Pwyl yma hefyd.'

'Ond dyw dy gêm di gyda Real ddim am gwpwl o oriau, yw e?'

Roedd Tomas wedi cymryd na fyddai gan yr hyfforddwr o Wlad Pwyl ddiddordeb mewn gwylio'r timau o Gymru a'r Eidal.

'Yn union,' meddai Lukasz. 'Mae e wedi dod yn gynnar.'

'Wir? Pam?'

'Wir,' meddai Lucasz. 'Mae e wedi dod i dy weld di.'

* * *

Ar y dechrau, roedd Tomas yn llawn cyffro. Hyfforddwr rhyngwladol o Wlad Pwyl yn dod i'w wylio fe'n chwarae! Doedd e 'rioed wedi breuddwydio y gallai chwarae i Wlad Pwyl ryw ddydd.

Ond nawr, o sefyll yn y gôl, gyda chwe bachgen o'r Eidal yn mynd am gic gornel, teimlai'n nerfus.

Y peth anodda iddo fe oedd nad oedd wedi teimlo o'r blaen ei fod yn cael ei farnu – tan nawr. Dim ond chwarae oedd e fel arfer. Ond nawr roedd yn ymwybodol ei fod yn

cael ei wylio'n ofalus a doedd e ddim yn gallu canolbwyntio.

Wrth chwilio am y sgowt eto gwelodd y pedwar bachgen o'r parti, y rhai oedd wedi gwthio James. Roedden nhw i gyd yn gwisgo'r un siacedi.

Yna clywodd ei enw. Cyd-chwaraewr oedd yn galw arno. Roedd y cornel wedi ei gymryd – tra ei fod yn edrych tuag at ochr y cae ac yn synfyfyrio.

Wrth i'r bêl saethu ar draws o'r cornel, oedodd Tomas.

A dyna'r peth. Doedd e *byth* yn oedi. Doedd ei feddwl e ddim ar y gêm hon, ddim o gwbl.

Yn lwcus, cododd James i benio'r bêl y tu ôl ar gyfer cornel arall.

Yna clywodd Tomas lais Ryan.

'Tomas, beth ti'n neud? Galw am y bêl.'

Amneidiodd Tomas. Roedd Ryan yn iawn.

Dylai fod wedi galw am y bêl a'i dal neu hyd yn oed ei tharo. Ryan oedd capten y tîm. Roedd i fod i ddweud pethau fel yna.

Edrychodd Tomas ar draws y dorf a thuag at ochr y cae. Roedd eisiau gweld pwy oedd y sgowt ar gyfer tîm Gwlad Pwyl. Oedd e wedi sylwi ar ei gamgymeriad?

Roedd hi'n gêm anodd. Roedd Milan yn herio Caerdydd ac roedd yr Eidalwyr yn amlwg yn well o lawer am basio'r bêl.

Craig oedd ar fai am y digwyddiad cyntaf. Roedd Craig yn fyrbwyll. Roedd eisoes wedi cael ei anfon oddi ar y cae y tymor hwn. Wrth geisio cadw i fyny gyda'r asgellwr cyflym o'r Eidal roedd Craig yn colli tir, felly llithrodd mewn tacl isel.

Roedd y bêl wedi diflannu erbyn i Craig wthio'r chwaraewr i'r llawr. Syrthiodd y chwaraewr a rholio drosodd bedair gwaith cyn dal yn ei goes, gan syllu ar y dyfarnwr.

Galwodd y dyfarnwr am ffisio tîm yr Eidal ac yna aeth i'w boced i nôl cerdyn.

Gwyliodd Tomas. Roedd yn siŵr y byddai'r cerdyn yn un coch o weld wyneb y dyfarnwr.

Gwelodd Craig yn sefyll yn stond ac yn syllu ar y cerdyn.

Un melyn.

Yna daeth yr Eidalwyr at y dyfarnwr. *Ceisio ei berswadio i anfon Craig oddi ar y cae maen nhw,* meddyliodd Tomas.

Ar ôl hynny roedd tîm yr Eidal yn chwarae'n well byth gan eu bod mor grac.

Llwyddodd Caerdydd i'w dal 'nôl drwy weithio'n galed a pheidio â rhoi'r gorau iddi.

Gyda munud i fynd cyn hanner amser, aeth chwaraewr o Milan heibio amddiffynnwr Caerdydd ac yn sydyn roedd wyneb yn wyneb gyda Tomas. Ryan oedd yr amddiffynnwr agosaf a chafodd ei orfodi i daclo yng nghwrt cosbi'r Eidal.

Aeth yr Eidalwr i lawr ond roedd Ryan yn gwybod ei fod wedi cael y bêl.

Yna chwythodd y dyfarnwr ei chwiban a phwyntio at y smotyn.

Roedd Ryan ar ei draed. 'Y bêl,' gwaeddodd ar y dyfarnwr. 'Ges i'r bêl.'

'Cic gosb,' meddai'r dyfarnwr mewn llais tawel.

'Na!' gwthiodd Ryan ei freichiau allan, ac yn ddamweiniol trawodd fraich y dyfarnwr.

Daeth cerdyn melyn arall allan.

Roedd Caerdydd yn colli'r dydd.

Ac o'r funud roedd rhaid i Tomas gasglu'r bêl o'r rhwyd ar ôl i'r gic gosb gael ei sgorio, roedd yn gwybod bod Ryan yn yr hwyliau gwaetha posibl.

Curo

Yn hwyr yn y gêm – a'r sgôr oedd AC Milan 1 Caerdydd 0 – daeth cic o'r cornel yn isel dros y cwrt cosbi. Dylai fod wedi bod yn hawdd i'r gôl-geidwad ddal y bêl ond roedd Tomas wedi bod yn edrych ar hyfforddwr Gwlad Pwyl eto. Roedd yn gwybod na ddylai, ond roedd e'n methu â pheidio. Roedd y syniad ei fod yn gwylio'r gêm yn ei aflonyddu.

Pan sylweddolodd fod y bêl yn dod ato, neidiodd Tomas oddi ar ei linell. Ond roedd yn rhy hwyr. Gyda chymaint o chwaraewyr

yn y ffordd doedd dim siawns iddo ei dal
felly fe aeth i'w churo hi gyda'i ddwrn – er
ei fod yn gwybod nad oedd yn dda iawn am
ddefnyddio'i ddwrn.

Wrth estyn am y bêl gyda'i ddwrn,
teimlodd hi'n llithro i lawr ochr ei faneg
wrth iddo syrthio i'r llawr a chwympo dros
chwaraewr arall. Roedd yn poeni ei fod
wedi ildio cic gosb wrth wthio'r chwaraewr
i'r llawr. Ond roedd yn falch o weld ei fod
ar ben chwaraewr arall o Gaerdydd.

Cod ar dy draed. Roedd yn gwybod
mai dyna beth roedd rhaid iddo ei wneud.
Felly cododd a wynebu'r cyfeiriad roedd
e'n meddwl roedd y bêl wedi mynd iddo.
A dyna lle roedd Eidalwr tal – mewn
streips coch a du – yn cicio'r bêl i mewn
i'r rhwyd.

Dwy gôl i ddim.

'Pam nest di ei guro â dy ddwrn?'

105

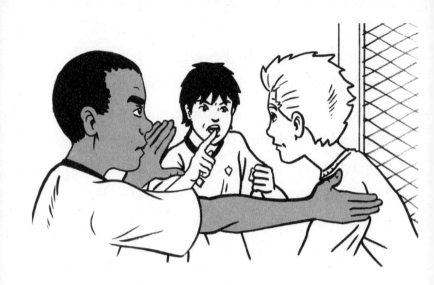

gwaeddodd y chwaraewr roedd Tomas wedi
ei wthio i'r llawr.

Ryan.

'Do'n i ddim yn gallu ...'

Wnaeth Ryan ddim gadael iddo orffen.
'Roeddet ti'n edrych draw fan'na. Am bwy
wyt ti'n chwilio?'

Roedd Ryan dal yn grac am ildio cic gosb
ond nawr roedd yn grac am hyn hefyd.

Cochodd Tomas. Roedd Ryan yn iawn.
Doedd e ddim wedi bod yn canolbwyntio.

Roedd wedi bod yn rhy brysur yn edrych am hyfforddwr Gwlad Pwyl. Roedd wedi siomi pawb.

Ond yna teimlodd Tomas fraich James o'i gwmpas.

Cododd James ei law tuag at Ryan. 'Dere, Ryan. Un camgymeriad. Cadwodd Tomas ni yn y gêm ddiwethaf. A ti roddodd y gôl gynta iddyn nhw. Gawn ni symud 'mlaen?'

Roedd Ryan yn dawel am eiliad neu ddwy. Ac roedd Tomas yn gwybod ei fod yn dewis ei eiriau yn ofalus. Roedd un chwaraewr yn y tîm nad oedd e byth yn dadlau gydag e: James.

'Dyw e ddim yn canolbwyntio, James,' meddai Ryan yn y pen draw. 'Fel 'na mae gôl-geidwaid Pwylaidd. Maen nhw'n warthus. Mae e'n glown, fel y Tomasz-be-ti'n-galw 'na oedd yn y parti ddoe. A wnes i *ddim* rhoi'r gôl gynta 'na iddyn nhw. Ges i'r bêl.'

'Gad hi, Ryan,' meddai James. 'Mae gêm gyda ni i'w chwarae.'

Felly gadawodd Ryan hi.

Ond unwaith i'r gêm orffen – ac unwaith iddo gael gafael ar Tomas ar ei ben ei hun – roedd Ryan yn grac gydag e.

'Dy fai di yw hyn,' gwaeddodd Ryan. 'Dwy i ddim. Gollon ni o ddwy i ddim.'

Doedd Tomas ddim fel arfer yn cymryd llawer o sylw o Ryan wrth iddo bigo arno, a dweud pethau amdano fe a Gwlad Pwyl. Ond heddiw roedd *e'n* grac hefyd. Roedd newydd gwastraffu cyfle o flaen hyfforddwr ieuenctid rhyngwladol Gwlad Pwyl. Roedd wedi cael digon. Y tro hwn, daliodd ei dir.

'*Ti* ildiodd y gôl gynta. Pam dwi'n cael y bai am bopeth?'

Yna gwthiodd Ryan e – ddim yn galed ond yn ddigon caled i'w wneud yn grac.

'Ges i'r bêl,' gwaeddodd Ryan. 'Dim fy mai i oedd e. Ond dy fai *di* oedd dy freuddwydio di.'

Welodd yr un ohonyn nhw rywun yn rhedeg ar draws y cae tuag atyn nhw, yn dod yn gyflym ac yn dawel dros y gwair.

'Dwi wedi cael llond bol arnat ti,' poerodd Tomas.

'Dwi wedi cael llond bol arnat ti,' dynwaredodd Ryan mewn acen ddoniol o Wlad Pwyl.

Caeodd Tomas ei lygaid. Yna fe'u hagorodd nhw eto. 'Ti'n meddwl mai jôc yw dod o Wlad Pwyl. Ydy hi'n well bod yn Gymro?'

'Ym ... ydi.' Roedd Ryan yn gwenu.

Roedd Tomas yn gandryll. Roedd yn casáu hyn am Ryan. Y ffordd roedd e'n mynnu ei feirniadu fe a'i wlad. Felly cymerodd anadl ddofn a mynd amdani.

Doedd dim ots ganddo beth fyddai Ryan yn ei wneud bellach.

'Ches di ddim mo'r bêl,' gwaeddodd Tomas. 'Wthiest di'r chwaraewr i'r llawr a gwastraffu cic gosb. *Ti* gollodd y gêm i ni.'

Dyna pryd wnaeth Ryan fwrw Tomas, yna neidiodd ar ei ben gan ei ddal i'r llawr.

'Dwi byth yn colli gemau i ni,' gwaeddodd. 'Fi sy'n ennill y gemau. Ti gollodd hi. Wrth guro'r bêl fel gôl-geidwaid gwirion Gwlad Pwyl, ar y cae gwirion yma yng Ngwlad Pwyl

lle mae pob un o'r gôl-geidwaid yn ffyliaid ac yn edrych yn rhyfedd …'

Teimlodd Ryan ei hunan yn cael ei dynnu oddi ar Tomas.

Roedd y dyn oedd yn rhedeg ar draws y cae wedi eu cyrraedd. Tynnodd Ryan i'w draed a syllu arno, yna edrychodd i weld a oedd Tomas yn iawn.

Phil!

Edrychodd Phil ar Ryan. 'Cer i newid ac yna arhosa amdana i. Paid ag ymuno â'r timau eraill i gael cinio. Deall?'

Dywedodd hyn i gyd mewn llais tawel, cryf oedd yn golygu un peth. Trwbwl. Trwbwl mawr.

'Iawn, Phil,' meddai Ryan yn dawel.

A gallai Tomas glywed o'i lais ei fod bron â chrio.

Dydd Iau 17 Tachwedd
AC Milan 2 – Caerdydd 0
Goliau: dim
Cardiau melyn: Craig, Ryan

Marciau allan o ddeg i bob chwaraewr gan
reolwr y tîm dan ddeuddeg:

Tomas	6
Connor	5
James	7
Ryan	4
Craig	5
Chi	6
Sam	5
Wil	6
Gwilym	6
Yunis	6
Ben	6

Gwaharddiad

Daeth Phil mewn i'r ystafell newid wag. Roedd y chwaraewyr eraill i gyd wedi mynd i gael y cinio roedd Legia Warsaw yn ei ddarparu i'r timau i gyd.

'Stedda, Ryan.'

Eisteddodd Ryan ar y fainc gan edrych ar y mwd ar y llawr, y waliau gwyn a'r pegiau heb fagiau arnyn nhw.

Ddywedodd Phil ddim byd am eiliad neu ddwy.

Edrychodd Ryan arno. Roedd y tawelwch yn waeth na chael rhywun yn gweiddi arno.

Roedd yn gyfarwydd â'i fam yn gweiddi arno ond roedd tawelwch ac edrychiad rhyfedd Phil yn ofnadwy.

Teimlai rhan ohono fel crio, ond roedd yn benderfynol o beidio â chrio. Doedd e byth yn crio. Ddim ers y diwrnod y gadawodd ei dad. Fe oedd dyn y tŷ erbyn hyn. Efallai y byddai ei frodyr bach yn crio, ond ddim Ryan.

'Ryan?'

'Ie, Phil?'

'Oes gen ti unrhyw beth i'w ddweud?'

'Sori. Dwi wir yn sori. Ddylen i ddim fod wedi bwrw Tomas.'

'Rhywbeth arall?'

Rhewodd Ryan. Doedd e ddim yn gallu meddwl am unrhyw beth arall.

Felly cymerodd Phil anadl ddofn.

Beth oedd e'n mynd i'w ddweud?

'Dwi'n grac dy fod ti wedi bwrw Tomas. Ydw. Ond dwi'n fwy crac am y pethau

glywes i ti'n eu dweud wrtho. Beth wyt ti'n
feddwl ddywedest di oedd yn anghywir?'

Ddywedodd Ryan ddim byd, ond roedd
e'n gwybod y byddai Phil yn fodlon aros am
amser hir am ateb. Felly dywedodd, mewn
llais tawel, 'Pethau am Wlad Pwyl?'

'Ie, Ryan. Pethau am Wlad Pwyl. Ac nid
yr hyn ddywedes di fan'na yn unig. Glywes
i ti'n dweud pethau ar y cae. Ac roeddet ti'n
dweud pethau ar y ffordd draw ar yr awyren.
A hyd yn oed 'nôl yn yr academi.' Oedodd
Phil. 'Dwi'n siomedig iawn ynddot ti.'

Teimlodd Ryan ei galon yn suddo – Phil o bawb yn dweud y pethau hyn wrtho.

'Sori,' meddai Ryan eto.

'Dwi'n siŵr dy fod ti. Dwi'n dy gredu di ond nid dyma'r tro cynta i hyn ddigwydd. Ti'n cofio dechrau'r tymor pan wnest di fwlio Gwilym?'

Ddywedodd Ryan ddim gair.

'Dwi wedi gwneud penderfyniad nad oeddwn i eisiau ei wneud,' meddai Phil.

Edrychodd Ryan ar Phil. Roedd e'n gwybod nad oedd newyddion da yn ei ddisgwyl. Ond beth fyddai'r gosb?

Roedd Ryan yn amau ei fod yn gwybod yn barod.

'Fyddi di ddim yn gapten ar ôl i ni fynd adre,' meddai Phil. 'Dwi ddim yn credu dy fod ti'n barod i fod yn arweinydd.'

Dyma beth roedd Ryan yn ofni y byddai'n ei ddweud. Ac mewn ffordd roedd hyn yn rhyddhad iddo. O leiaf roedd yn dal yn chwarae i Gaerdydd. Gallai pethau fod wedi bod yn waeth. Doedd Phil ddim wedi ei wahardd a doedd e ddim yn mynd i'w anfon adref fel ei fod yn colli'r gêm nesaf yn erbyn Real Madrid, y gêm roedd wir eisiau chwarae ynddi.

'Ac mae rhywbeth arall.'

Gwgodd Ryan. Gwelodd Phil hyn.

'Paid â phoeni. Dwi ddim yn mynd i dy anfon di adre.' Ochneidiodd Ryan. Roedd hynny'n rhyddhad. Rhyddhad mawr.

'Ti eisiau gwybod pam nad ydw i'n dy anfon di adre?'

Doedd Ryan ddim yn gwybod beth i'w ddweud. Syllodd ar Phil.

'Achos dywedodd Tomas fod bai arno fe am y ffeit hefyd.'

Roedd Ryan yn synnu bod Tomas wedi dweud hyn ond ni ddywedodd e unrhyw beth. *Roedd Tomas wedi cadw ei ochr.*

'Ond ...' meddai Phil, 'dwi *yn* mynd i dy wahardd di am un gêm.'

Amneidiodd Ryan. Felly byddai'n colli gêm ar ôl iddyn nhw fynd adre. Iawn.

'Gêm fory,' meddai Phil.

Edrychodd Ryan arno. 'Ond fory...'

'Gêm Real Madrid.'

'Ond dwi ...'

'Ti eisiau chwarae yn erbyn Real Madrid. Dwi'n gwybod.'

'Plis …'

Clywodd Ryan y gair 'plis' yn dod o'i geg. Swniai'n wan ac yn blentynnaidd. Yna teimlodd ei lygaid yn chwyddo. Am eiliad doedd e ddim yn deall beth oedd yn digwydd. Yna llifodd dagrau i lawr ei wyneb a sylweddolodd, am y tro cyntaf mewn blynyddoedd, ei fod yn crio.

	Wedi chwarae	Ennill	Cyfartal	Colli	+ -	Pwyntiau
Milan	2	1	1	0	4–2	4
Caerdydd	2	1	0	1	4–2	3
Legia	2	1	0	1	3–6	3
Real	2	0	1	1	4–5	1

Y Clown

Roedd Tomas wedi gwylio Phil yn anfon Ryan i ffwrdd ar ôl y gêm. Roedd rhan ohono'n falch fod rheolwr ei dîm yn mynd i wneud rhywbeth. Roedd Ryan yn fwli. Roedd pawb yn gwybod hynny. Roedd rhaid i rywun wneud rhywbeth amdano.

Ond roedd rhan arall ohono yn teimlo'n euog. Yn euog iawn. Gofynnodd gwestiwn i'w hunan. Pam fod Ryan wedi pigo arno?

Beth oedd yr ateb?

Achos ei fod wedi gwneud cawlach o'r ail gôl.

A bai pwy oedd hynny?

Ei fai e. Nid bai Ryan. Doedd e ddim yn canolbwyntio. Roedd wedi bod yn chwilio am y sgowt o Wlad Pwyl.

Roedd Ryan yn iawn i fod yn grac. Efallai *fod* Tomas wedi colli'r gêm iddyn nhw.

Gan ei fod eisiau bod ar ei ben ei hunan ar ôl y gêm, roedd yn loetran wrth y cae tan i'r ddau dîm o fechgyn fynd 'nôl i'r ystafelloedd newid. Roedd yn gwneud yr hyn roedd wastad yn ei wneud pan oedd amser sbâr ganddo ar y cae: taflu pêl yn erbyn y postyn a phrofi ei adwaith wrth i'r bêl ddod 'nôl ato, naill ai i'w chwith, ei dde neu'n syth ato.

'O'n i'n arfer gwneud hynny.'

Daliodd Tomas y bêl. Ddywedodd rhywun rywbeth? Rhewodd. Roedd e eisiau bod ar ei ben ei hunan.

'O'n i'n arfer gwneud hynny,' meddai'r llais eto.

Trodd Tomas a gweld dyn anferth mewn siwt a thei. Tomasz Milosz. Y Tomasz Milosz.

Ddywedodd Tomas ddim byd. Roedd yn fud.

Estynnodd y gôl-geidwad Pwylaidd rhyngwladol ei law ato. Roedd yn anferth. Llaw gôl-geidwad go iawn.

Cymerodd Tomas ei law. Roedd ei law e'n edrych fel un babi mewn cymhariaeth.

'Helô,' oedd y cwbl y gallai ei ddweud.

Dyma lle'r oedd e'n wynebu un o chwaraewyr pêl-droed mwyaf enwog Gwlad Pwyl. Er nad oedd wedi ei weld yn chwarae roedd wedi clywed amdano sawl gwaith gan ei dad, ac wedi gweld ffilmiau ohono ar y teledu.

'Gest di gêm anodd heddiw,' meddai Milsz.

Amneidiodd Tomas.

'Ond paid bod yn galed arnat ti dy hunan.
Oni bai am yr un camgymeriad yna, roeddet
ti'n wych. Weles i dy gêm di yn erbyn Legia
hefyd. Roeddet ti'n anhygoel.'

Cochodd Tomas. Doedd e ddim yn
gwybod hynny. Yn sydyn teimlai lawer iawn
yn well.

'Diolch,' meddai Tomas mewn llais tawel.

Aeth Milosz ymlaen. 'Beth dwi'n trio ei
ddweud yw … ceisia gofio pob gêm rwyt ti'n

ei chwarae. Nid un eiliad o'r gêm heddiw. Yn gyffredinol rwyt ti wedi gwneud rhwng ugain a deg ar hugain o benderfyniadau da yn y twrnament hwn. A dim ond un gwael. Mae hynny'n dy wneud di'n gôl-geidwad da iawn, yn fy marn i.'

Gwenodd Tomas ac amneidio. Byddai wedi hoffi pe byddai ei dad gydag e i glywed hyn, ddim 'nôl yn yr ystafelloedd newid. Byddai mor falch.

Ysgydwodd Milosz law Tomas eto. 'Wela i di yn dy gêm nesaf. Fory – yn erbyn Madrid?

'Ie,' meddai Tomas. 'Real Madrid.'

'Wel, pob lwc.'

Wrth i Milosz fynd galwodd Tomas ei enw. Roedd rhywbeth roedd am ei wybod.

'Alla i ofyn cwestiwn i chi?

'Wrth gwrs.'

'Oes ots da chi fod pobl yn eich galw'n glown?'

Gwenodd y gôl-geidwad. 'Roedd y Saeson yn fy ngalw'n glown cyn y gêm yn erbyn Lloegr,' meddai Milosz. 'Gwnaeth i mi chwarae'n well a helpu i Wlad Pwyl gael gêm gyfartal yn erbyn Lloegr. Felly, na, does dim ots gen i.'

Gwenodd Tomas. Dyna hi. Byddai cael ei alw'n glown neu unrhyw beth arall gan Ryan ddim yn ei frifo mwyach. Byddai'n ei wneud yn gryfach ac yn fwy penderfynol o'i brofi'n anghywir.

Anghredadwy

Eisteddodd Ryan wrth ochr y cae yn gwylio. Roedd yn gallu cofio'n glir y tro diwethaf iddo beidio â chwarae gêm – pan oedd wedi ei anafu rai tymhorau yn ôl. Caerdydd dan ddeg yn erbyn Abertawe dan ddeg. Roedden nhw wedi colli'r gêm hebddo ac roedd e wedi casáu pob eiliad.

Roedd gwylio ei dîm yn chwarae a pheidio â gallu gwneud unrhyw beth i'w helpu yn artaith. Ond roedd heddiw'n waeth na'r diwrnod hwnnw. Llawer yn waeth. Achos roedd y gêm hon yn erbyn Real Madrid.

Roedd hi hefyd yn artaith i wylio Tony yn chwarac yn ei le.

Real oedd hoff dîm Ryan ers blynyddoedd. Roedd wedi eu gweld am y tro cyntaf pan oedd ei dad yn dal i fyw gyda nhw, ac roedd ganddyn nhw Sky Sports 1. Roedd ganddyn nhw'r pecyn chwaraeon llawn bryd hynny ac roedd ei dad yn arfer gadael iddo aros ar ei draed yn hwyr i wylio gemau Sbaen

ar y penwythnos. Unwaith iddo weld Real
yn pasio'r bêl ac yn sgorio goliau mor wych
roedd yn ffan heb ei ail.

Y Nadolig diwethaf roedd ei dad wedi
prynu crys Real i Ryan. Roedd wedi ei wisgo
am wythnos – i'r gwely a chwbl. Hwnnw
oedd ei hoff grys o hyd.

A nawr roedd yn gwylio tîm dan ddeuddeg
Real Madrid. Eu gwylio ac nid chwarae yn
eu herbyn. Ac fel pob tîm Real roedd wedi eu
gweld, roedden nhw'n wych am basio'r bêl.

Roedden nhw'n pasio'r bêl ddeg i bymtheg
gwaith bob tro.

Dim ond cael gêm gyfartal yn erbyn
Real Madrid oedd ei angen ar Gaerdydd i
gyrraedd y ffeinal. Roedd Warsaw wedi curo
Milan o dair gôl i ddwy yn y gêm y bore
hwnnw. Pe byddai Caerdydd yn cael gêm
gyfartal yna bydden nhw'n gorffen yn uwch
na Milan ar wahaniaeth goliau, gan chwarae

Legia Warsaw yn y ffeinal.

Ond roedd Ryan yn gallu gweld na fyddai hynny'n digwydd. Bob tro roedd Madrid yn ymosod roedden nhw'n edrych fel pe bydden nhw'n mynd i ennill.

Ac eto roedd Caerdydd yn amddiffyn yn dda. Roedd James yn amddiffyn yn dda. Roedden nhw'n chwarae fel uned ac yn ei gwneud hi'n amhosibl i Real eu trechu.

Y cwbl allai Real ei wneud oedd saethu o bellter. Ac roedd Tomas yn arbed pob un.

Ond doedd gan Gaerdydd ddim cyfle i ymosod.

Yn yr ail hanner dechreuodd Caerdydd edrych fel pe baen nhw wedi blino. A dechreuodd Real Madrid gymryd mantais.

Mewn un ymosodiad cymerodd asgellwr Real, oedd yn gyflymach na Gwilym hyd yn oed, y bêl i'r cornel a'i chroesi. Aeth y bêl dros bennau'r chwaraewyr gan gyrraedd prif ymosodwr tal Sbaen a beniodd y bêl i ochr waelod dde gôl Caerdydd.

Gwingodd Ryan. Roedd honna'n gôl! Ond rywsut cafodd Tomas afael ynddi. Deifiodd yn isel a chwipio'r bêl i'r ochr arall i'r postyn ar gyfer cic gornel.

Roedd Ryan wedi rhyfeddu.

Roedd gan Real gic arall o'r gornel. Hedfanodd y bêl yn galed i mewn i'r cwrt cosbi. Daeth Tomas oddi ar ei linell a llamu am y bêl.

Caeodd Ryan ei lygaid gan obeithio na fyddai Tomas yn ceisio taro'r bêl gyda'i ddwrn eto. Ond pan agorodd ei lygaid roedd Tomas yn gorwedd ar y llawr yn dal y bêl a'r dorf i gyd yn cymeradwyo.

Ond trawodd Real yn ôl ac yn ôl. Ton ar ôl ton o grysau gwyn. Poenai Ryan mai dim ond mater o amser oedd hi tan fyddai Madrid yn sgorio.

Yn yr amser ychwanegol ar ôl y naw deg
munud roedd y posibilrwydd o sgorio gôl
yn anochel. Camamserodd James un dacl
yn y cwrt cosbi gan fwrw chwaraewr i'r
llawr.

Doedd gan y dyfarnwr ddim dewis:
chwythodd ei chwiban a phwyntio at y
smotyn.

Cic gosb.

Yr ymosodwr mawr yn erbyn Tomas.

Gosododd y boi mawr y bêl ar y smotyn.

Cymerodd Tomas ei safle ar y llinell.

Gallai Ryan ei weld yn symud o un droed i'r llall. Roedd wedi sylwi arno'n gwneud hyn o'r blaen.

Pan chwythodd y dyfarnwr ei chwiban aeth y dorf yn dawel; mor dawel nes y gallech glywed yr adar yn canu yn y coed o gwmpas y cae.

Yna gwelodd Ryan Tomas yn edrych draw at ei ddau gefnder oedd yn gwylio'r gêm, y rhai oedd wedi dod i gwrdd ag e yn y maes awyr. Yna daliodd lygad Ryan. Am eiliad. Beth oedd yn mynd trwy feddwl Tomas? Dylai fod wedi codi ei fawd arno neu rywbeth – i roi hyder iddo.

Ond doedd dim amser achos roedd y Sbaenwr yn camu at y bêl.

Symudodd Tomas ei bwysau at ei droed chwith ac yna i'w droed dde wrth lygadu'r Sbaenwr.

Ciciodd e'r bêl yn galed ac yn uchel at yr ochr chwith.

Neidiodd Tomas y ffordd gywir ond roedd y bêl yn teithio'n rhy gyflym. Fyddai byth yn ei dal.

Hedfanodd Tomas drwy'r awyr ac aeth y bêl heibio ei law. Ond rywsut daliodd blaen ei fys yn y bêl a symudodd ychydig yn yr awyr gan daro'r postyn a bownsio 'nôl i ardal y cwrt cosbi.

Tuag at asgellwr Sbaen. Yr un cyflym.

Trawodd yr asgellwr y bêl yn galed i'r gôl tra bod Tomas ar y llawr.

Ond doedd Tomas ddim ar y llawr. Roedd rhywsut yn sefyll yng nghanol y gôl yn dal y bêl gyda'i ddwy law. Yn ei dal yn agos at ei stumog.

Yna daeth y gymeradwyaeth wyllt gan bawb, yn cynnwys Ryan, wrth i'r dyfarnwr chwythu'r chwiban i ddweud bod y gêm ar ben.

	Wedi chwarae	Ennill	Cyfartal	Colli	+ -	Pwyntiau
Legia	3	2	0	1	6–8	6
Caerdydd	3	1	1	1	4–2	4
Milan	3	1	1	1	6–5	4
Real	3	0	2	1	4–5	2

Dydd Gwener 18 Tachwedd
Real Madrid 0 Caerdydd 0
Goliau: dim
Cardiau melyn: dim

Marciau allan o ddeg i bob chwaraewr gan
reolwr y tîm dan ddeuddeg:

Tomas	9
Connor	7
James	8
Tony	6
Craig	7
Chi	8
Sam	7
Will	6
Gwilym	6
Yunis	6
Ben	7

Ymosod

Cafodd Tomas glod mawr gan weddill y tîm ar ôl y gêm. Rhoddodd James ei fraich o'i amgylch a'i arwain yr holl ffordd 'nôl o'r cae, a cherddodd Ben gyda nhw gan wenu.

Roedden nhw drwodd i'r ffeinal.

'Achubest di fi,' meddai James. 'O'n i'n meddwl 'mod i wedi gwneud cawlach.'

'Ti'n jocan,' meddai Tomas. 'Achubest di ni. Faint o weithie nest di daclo un o'u chwaraewyr nhw a'u rhwystro nhw rhag sgorio?'

'Ie, ond roddes i'r gic gosb iddyn nhw a allai fod wedi colli'r gêm i ni, meddai James.

Meddyliodd Tomas am beth roedd Milosz wedi'i ddweud wrtho y diwrnod cynt. *Tria gofio'r holl gemau ti'n chwararae, nid un eiliad o un gêm.*

'Bydden ni wedi bod tair neu bedair ar ei hôl hi taset ti heb daclo gymaint. Achubest di'r gêm. Anghofia am yr un camgymeriad nest di. Meddylia am yr holl droeon wnest di daclo.'

Gwelodd Tomas fod James yn cytuno. Cerddodd y tri ohonyn nhw – Tomas, James a Ben yn eu blaenau yn dawel. Roedd pob un yn gwenu.

A dyna pryd y sylwodd Tomas at y pedwar dyn eto, y rhai o'r parti ar ôl y gêm gyntaf. Y rhai oedd wedi gwthio James nes iddo dywallt ei ddiod drosto'i hun. Y rhai oedd yn gwisgo siacedi lledr. Roedden nhw i gyd yn edrych yn grac ac yn syllu ar James a Ben.

Doedd Ryan ddim yn gwybod beth i'w wneud ar ôl y gêm. Roedd e eisiau mynd mewn i'r ystafell newid i longyfarch ei ffrindiau. Ond doedd e ddim yn teimlo ei fod yn rhan o'r tîm heddiw am nad oedd wedi chwarae.

Roedd mam James wedi gofyn iddo roi neges i James: ei bod wedi taro i'r gwesty i nôl rhywbeth. Ond roedd Ryan yn dal i deimlo'n anesmwyth yn mynd at y lleill, felly arhosodd ar ochr arall y maes parcio gyda'r rhieni a'r hyfforddwyr a'r ffans eraill, yn cynnwys dau gefnder Tomas a'r pedwar bachgen roedd wedi eu gweld yn gwylio'r gêm.

Doedd hi ddim yn hir cyn i rai o'r chwaraewyr ymddangos. Daeth James a Ben yn gyntaf. Cerddon nhw allan a thynnodd James ffôn symudol o'i boced.

Roedd Ryan yn cymryd ei fod yn mynd i ffonio ei dad i ddweud wrtho eu bod yn y ffeinal.

Ond yna digwyddodd rhywbeth rhyfedd. Aeth y pedwar bachgen o Wlad Pwyl i fyny at James a Ben. A chyn bod Ryan yn gwybod beth oedd yn digwydd gwthiodd un ohonyn nhw Ben.

Gwthiodd James un arall ohonyn nhw 'nôl.

Yna bwrodd un o'r pedwar James – yn galed. Mor galed nes iddo syrthio a gweiddi.

Teimlai Ryan yn ddiymadferth wrth weld hyn i gyd, fel pe bai'n ei wylio ar y teledu. Teimlai fel na allai wneud unrhyw beth. Yna gwelodd Tomas yn dod allan o'r ystafell newid i weld beth oedd yn digwydd.

Gwaeddodd Tomas rywbeth mewn Pwyleg ar ei gefndryd a rhedeg at James a Ben. Safodd rhwng James a Ben a'r pedwar bachgen.

Gwthiodd y bechgyn Tomas hefyd ond camu 'nôl wnaethon nhw pan gyrhaeddodd y cefndryd.

Ddywedodd neb yr un gair a chododd James 'nôl ar ei draed. Rhedodd y pedwar bachgen i ffwrdd cyn i unrhyw oedolion ddod atyn nhw.

Arhosodd Ryan ble'r oedd e wrth i bopeth dawelu. Roedd yn teimlo'n ddryslyd ac yn flin. A ddylai fod wedi mynd draw i helpu? Fyddai hynny wedi gwneud unrhyw wahaniaeth?

Gwelodd Phil yn dod allan ac yn ymateb yn gyflym. Gofynnodd i hyfforddwyr y tîm o Wlad Pwyl wneud galwadau ar eu ffonau symudol. Roedd Ryan yn meddwl eu bod yn ffonio'r heddlu.

Yn y diwedd, gwelodd Ryan dad Tomas yn dod o'r ystafell newid ac yn eistedd ar fainc gyda James.

Edrychodd tad Tomas ar wyneb James yna tynnodd ryw glwt o'i fag. Glanhaodd glwyf James a rhoi plastr drosto.

Cofiodd Ryan fod tad Tomas yn feddyg 'nôl yng Nghymru; dyna pam roedd yn helpu James. Roedd e'n gwybod beth i'w wneud a gwnaeth hyn i Ryan feddwl am Tomas hefyd: roedd e'n gwybod beth i'w wneud hefyd. Roedd e wedi herio'r pedwar bwli er mwyn amddiffyn ei ffrind.

Y Noson Olaf

Hon oedd y noson olaf y byddai'r tîm yn ei threulio yng Ngwlad Pwyl. Er bod Caerdydd wedi mynd drwodd i'r ffeinal oedd am ganol dydd y diwrnod wedyn, bydden nhw'n hedfan adre'n syth yn y nos.

Roedd Phil wedi casglu'r bechgyn ynghyd mewn bwyty yng nghanol Warsaw, ger caeau hyfforddi Legia. Heno fydden nhw'n dathlu eu hamser gyda'i gilydd yng Ngwlad Pwyl, a byddai Phil yn gorffen y noson drwy gyhoeddi enillydd gwobr chwaraewr y twrnament.

Roedd holl chwaraewyr Caerdydd yno gyda'r teuluoedd roeddent yn aros gyda nhw, a chefndryd Tomas.

Roedd mam James yn siarad gyda'r bechgyn i gyd gan roi mwy o ddŵr i bawb a gwneud yn siŵr fod eu napcynau ar eu pengliniau. Ar ddechrau'r daith roedd rhai o'r bechgyn wedi meddwl ei bod hi'n creu gormod o ffwdan ond nawr roedden nhw'n gwrando arni ac yn eitha hoff o'i chael hi yno.

Roedden nhw i gyd yn eistedd ar dri bwrdd hir mewn siâp pedol. Eisteddai Phil ar ben ucha'r bwrdd.

Ar ôl iddyn nhw godi eu gwydrau i ddiolch i Legia Warsaw a'r teuluoedd oedd wedi edrych ar eu hôl, a chyn cyhoeddi pwy oedd wedi cael y wobr, cododd Phil ar ei draed.

'Ga i ddweud rhywbeth cyn i ni fwyta?' meddai. 'Ddyweda i ddim llawer, ond mae gen i rywbeth pwysig i'w ddweud.'

Roedd pawb yn gwybod am beth roedd e'n sôn. Yr ymosodiad ar James a Ben.

Edrychodd Ryan i lawr ar ei blât. Roedd yn dal i deimlo'n euog nad oedd wedi gwneud unrhyw beth i helpu.

'Fel chi'n gwybod,' meddai Phil, 'roedd ychydig o drwbwl yn gynharach heddi. Roedd grŵp o fechgyn ifanc wedi pigo ar James a Ben. Ac fel gallwch chi weld, mae James yn eistedd wrth fy ochr i a Ben wrth ei ochr e. Mae'r ddau yn iawn, on'd y'ch chi, fechgyn?'

Amneidiodd Ben a James.

'Tomas wnaeth achub y dydd gyda'i feddwl chwim – a chefnogaeth ei gefndryd – neu byddai pethau wedi bod yn llawer gwaeth. Felly hoffwn i ofyn i chi i gyd godi eich gwydrau i Tomas a'i gefndryd.'

Safodd y bobl o gwmpas y bwrdd a chodi eu gwydrau a chymeradwyo.

Unwaith i bawb eistedd, dechreuodd Phil eto:

'Er gwaetha'r digwyddiad hwn, rydym wedi cael amser da iawn yma. Mae pobl Warsaw, y clwb, y teuluoedd sy wedi rhoi llety i ni, i gyd wedi bod yn groesawgar a hael. Penderfynodd y bechgyn ifanc bigo ar Ben a James heddi am eu bod yn wahanol iddyn nhw. Dwi'n meddwl bod hyn yn wers i ni gyd, er bod ieithoedd gwahanol gyda ni a chroen o liw gwahanol … y gwir yw, er ein bod i gyd yn wahanol mewn cymaint o ffyrdd, mae pêl-droed yn rhywbeth cyffredin i ni i gyd. Wrth chwarae a dathlu pêl-droed does dim ots am y gwahaniaethau hyn, a dyna pam fod y gamp hon, a phob camp arall, yn ffordd dda o ddod â phobl at ei gilydd.'

Y teuluoedd o Wlad Pwyl ddechreuodd y cymeradwyo y tro hwn. Edrychodd Ryan ar y fam oedd wedi edrych ar ei ôl tra'i fod yma, a gwenu arni. Gwenodd hi 'nôl.

Ar ôl iddyn nhw fwyta, daeth Phil draw at Ryan.

'Ti'n iawn, Ryan?'

'Ydw, Phil,' meddai Ryan yn dawel.

Roedd yn nerfus yng nghwmni Phil. Dyma'r tro cyntaf iddyn nhw siarad ers i Phil dynnu'r gapteniaeth oddi wrtho.

'Hoffwn i ofyn i ti wneud rhywbeth i fi.'

'Unrhyw beth,' meddai Ryan, gan ei fod

wir eisiau i Phil wybod ei fod yn edifar.

'Fel capten y tîm yn y twrnament hwn, dy waith di yw cyflwyno gwobr chwaraewr y twrnament.'

'Iawn,' meddai Ryan.

'Ti'n hapus i wneud hyn?'

'Wrth gwrs.' Roedd Ryan yn falch iawn. Roedd yn gwybod, wrth gwrs, mai Tomas oedd yn haeddu chwaraewr y twrnament. Roedd e hefyd yn gwybod bod hwn yn rhywbeth roedd e'n mynd i'w wneud yn iawn. 'Ond ga i ddeg munud?'

Ddeng munud yn ddiweddarach ar ôl sgwrs hir gyda'r fam oedd wedi rhoi llety iddo, safai Ryan wrth ochr Phil ar ben y bwrdd. Gofynnodd Phil i bawb fod yn dawel. 'Hoffwn drosglwyddo'r awenau i gapten y tîm, Ryan, fydd yn cyflwyno gwobr chwaraewr y twrnament i Gaerdydd.'

Cododd Ryan, pesychu a dweud:

'*Z wielka, przyjemnosca prezentuje graczowi nagrode tournamentu ...*' Gwenodd. 'I'r rheiny ohonoch chi sydd ddim yn siarad Pwyleg, dywedais i:

Mae'n bleser gen i gyflwyno gwobr chwaraewr y twrnament i ...'

Oedodd Ryan.

Roedd eiliad o dawelwch yna chwerthin a chymeradwyaeth gan y bobl Pwylaidd a Saesneg oedd yn gwrando.

Cododd Ryan ei law. 'I ... Tomas.'

Ac yna daliodd dlws bychan yn yr awyr. A chymeradwyodd y gynulleidfa yn uchel.

O'r Diwedd

Arweiniodd Ryan ei dîm ar y cae ar gyfer y ffeinal. Rhedon nhw allan ochr yn ochr â'r tîm o Wlad Pwyl, Legia Warsaw. Roedd hi'n ddiwrnod clir arall ond roedd hi'n oer a dyna'n union sut roedd Ryan yn hoffi'r tywydd. Wrth iddyn nhw sefyll yn y canol ar gyfer llun y tîm, sylwodd Ryan ar y chwaraewyr Eidalaidd a Sbaenaidd yn sefyll ar ochr y cae yn cymeradwyo. A chynulleidfa o gannoedd.

Doedd e ddim wedi chwarae o flaen torf mor fawr. Teimlai'n falch o fod yn gapten

mewn tîm yn y ffeinal, er mai hwn fyddai ei
dro olaf. Roedd yn mynd i wneud ei orau.

* * *

Roedd tîm Legia wedi tyfu mewn hyder
drwy gydol y twrnament. Ar ôl colli mor
drwm i Gaerdydd roedden nhw wedi curo
Madrid a Milan o dair gôl i ddwy. Roedd eu
hyder yn amlwg.

Yn lle amddiffyn, ymosododd Legia, er iddyn nhw adael eu hunain yn agored yn y cefn.

Legia sgoriodd gynta – cic rydd y tu allan i'r ardal ar ôl i Connor daro chwaraewr Pwylaidd ganol cae.

Ond ar y chwiban hanner amser roedden nhw'n gyfartal. Ciciodd Gwilym y bêl at y gôl a pheniodd Yunis hi i mewn.

Yn yr ail hanner roedd hi'n dynn. Bu bron i Ben sgorio gyda chic isel o'r chwith. Yna cafodd Legia gyfnod o ddeng munud pan gawson nhw chwe chynnig am y gôl, ond rhwystrodd Tomas bob un ohonyn nhw.

Ond gyda deng munud i fynd, torrodd un o chwaraewyr Legia drwy amddiffyn Caerdydd ac i mewn i'r cwrt cosbi. Taclodd Connor y chwaraewr yn syth o flaen Tomas ond collodd y bêl a thaclo'r bachgen.

Trosedd arall.

Ond y tro hwn doedd hi ddim yn gic rydd: cic gosb oedd hi.

Roedd Tomas wedi wynebu ciciau cosb o'r blaen ac roedd ganddo record dda.

Roedd wedi wynebu un deg saith ac wedi ildio wyth – llai na hanner.

Ond hon oedd y bwysicaf. Hon oedd y gêm oedd yn cyfri. Roedd hi'n golygu'r gwahaniaeth rhwng ennill neu golli yn y ffeinal.

Aeth Tomas i sefyll yn ei le ar linell y gôl a dechrau anadlu'n araf. Tair anadl ddofn. Teimlai'n hapus ac yn fodlon. Canolbwyntiodd. Edrychodd i lygaid yr un oedd ar fin cicio'r bêl – a synhwyrodd fod ychydig o ofn arno. Roedd y rhai oedd yn mynd am gôl naill ai'n cicio fel pe baen nhw'n gwybod eu bod yn mynd i sgorio, neu fel pe baen nhw ofn eu bod yn mynd i fethu.

Roedd ofn ar hwn.

Symudodd Tomas o un droed i'r llall wrth i'r chwaraewr gymryd dau gam tuag at y bêl.

Aeth y bêl at ochr dde Tomas.

Aeth Tomas i'r dde.

Estynnodd a chyffwrdd y bêl gyda blaen ei fysedd ac roedd e'n credu ei fod wedi cadw'r bêl allan ond wrth iddo syrthio i'r llawr gwelodd y chwaraewr yn troi ac yn codi ei fraich.

Yna gwelodd Tomas ysgwyddau Ryan yn disgyn. Roedd wedi rhedeg ymlaen er mwyn clirio'r bêl pe bai Tomas wedi ei atal.

Ac roedd Tomas yn gwybod.

Roedden nhw'n colli o ddwy gôl i un. Doedd e ddim wedi rhwystro'r gic gosb.

Estynnodd Ryan ei law i helpu Tomas i godi.

Teimlai Tomas ei hun yn cael ei dynnu i fyny.

'Da iawn,' meddai Ryan. 'Bron iawn i ti lwyddo.'

Gwenodd Tomas.

Ni sgoriodd Caerdydd eto.

Gorffennodd y gêm gyda sgor o ddwy gôl i un.

Roedd Tomas eisiau mynd oddi ar y cae. Teimlai'n drist. Pe bai ond wedi atal y gic gosb. Ond roedd paratoadau'n cael eu gwneud ar gyfer cyflwyniad y wobr.

Roedd bwrdd yng nghanol y cae a rhes o fedalau a thlws.

Ac yna eto roedd Tomasz Milosz.

Dydd Sadwrn 19 Tachwedd
Legia Warsaw 2 Caerdydd 1
Goliau: Yunis
Cardiau melyn: dim

Marciau rheolwr y tîm dan ddeuddeg ar gyfer pob chwaraewr:

Tomas	7
Connor	6
James	6
Ryan	8
Craig	6
Chi	7
Sam	5
Wil	6
Gwilym	6
Yunis	8
Ben	7

Medalau

Daeth Phil atyn nhw a siarad gyda phob un o chwaraewyr Caerdydd. 'Dewch 'mlaen, bois. Does dim ots. Ni'n falch ohonoch chi. Gyrhaeddon ni'r ffeinal, a cholli i'r tîm cartre. Does dim cywilydd yn hynny.'

Yna aeth Phil draw at Ryan.

'Iawn?'

'Iawn,' meddai Ryan, 'ond siomedig.'

Amneidiodd Phil. 'Nest di'n dda heddi. Dwi'n falch ohonot ti.'

Gwenodd Ryan. 'Diolch, Phil.'

'Mae'n wir. Wnest di'n dda. Ti wir wedi aeddfedu ar y daith 'ma.'

Edrychodd Phil ar y bwrdd lle'r oedd y cyflwyniad yn mynd i ddigwydd. 'Mae ar fin dechrau, Ryan. Ni fydd gynta. Medalau'r collwyr. Cer di i arwain y bois lan yna, cer i ysgwyd llaw â Tomasz Milosz a symuda 'mlaen, iawn?'

'Iawn,' meddai Ryan.

Ddau funud yn ddiweddarach casglodd Ryan y tîm ynghyd i dderbyn eu medalau. Am y tro olaf. Fyddai e ddim yn gapten ar ôl hyn. Gosododd bawb yn eu trefn. Ryan yn gyntaf, yna Tomas, ac yna'r gweddill.

Safodd y tîm ar y gwair yn aros. Roedd yr haul yn dechrau torri drwy'r cymylau.

'Tomas?' meddai Ryan.

'Ie?'

'Hoffet ti arwain y tîm i fyny?'

'Beth? Wir?'

Edrychai Tomas wrth ei fodd.

'Fe gei di,' meddai Ryan.

'Diolch,' meddai Tomas ac ysgwyd llaw'r capten.

Gwenodd Tomasz Milosz wrth iddi weld Tomas yn dod ato. Ysgydwodd ei law. Plygodd Tomas ei ben a rhoddodd y gôl-geidwad enwog y fedal o gwmpas ei wddf.

'Roeddet ti'n anlwcus gyda'r gic gosb,' meddai. 'Weles i ti'n cyffwrdd y bêl gyda dy law.'

'Diolch,' meddai.

'Gwna'n siŵr dy fod yn parhau â'r gwaith da. Falle rhyw ddiwrnod fyddi di'n gwisgo crys Gwlad Pwyl.'

Gwenodd Tomasz. 'Gobeithio.' Yna trodd at Ryan. 'Dyma gapten ein tîm, Ryan.'

Plygodd Ryan ei ben a theimlo medal y collwyr o gwmpas ei wddf.

Yna ysgydwodd Tomasz Milosz law Ryan. 'Dylet ti fod yn falch iawn o'r tîm. Wnaethoch chi'n dda. Falle wela i di mewn crys Cymru ryw ddiwrnod.'

Gwenodd Ryan. 'Gobeithio, a falle ga i chwarae yng Ngwlad Pwyl eto. Bydden i'n lico hynna.'

Hefyd yn y gyfres

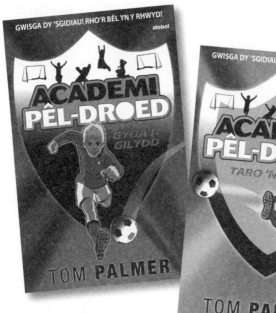
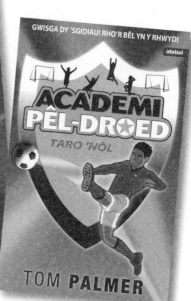